徒然草が教えてくれる
わたしたちの生きかた

兼好さんの遺言

清川妙
kiyokawa tae

小学館

人、死を憎まば、
生を愛すべし。
存命の喜び、日々に
楽しまざらんや。

はじめに

兼好《けんこう》さんの遺言ってなに?

と、けげんに思うかたがいらしゃるでしょう。

遺言とは、遺書の言葉ではなく、兼好法師がその著書『徒然草《つれづれぐさ》』の中で、私たちに教えてくれた、数々の言葉、という意味なのです。

思い立ったことがあったら、ためらわず、その場で一歩を踏み出せ。年齢のことなど考えるな。飽きず、続けよ。貫けよ。

せっかくの一生だ。けっして無駄にするな。心して、一瞬一瞬を大切にして、ていねいに日々を運べ。生きている、というそのことを、何よりも喜ぶのだ。

と、彼の言葉は自信に充《み》ち、賢く、合理的であり、現代にもみごとに通じるセンスもたたえています。

『徒然草』をはじめて読んだ少女の日から今日まで、私の歩く道を、いつも兼好さんが一緒に歩いてくれました。そんな人生の途上、困難に遭って立ちすくみ、絶望にうちひしがれているときにも、彼の言葉はきびしく的確に、しかも親身なあたたかさをこめて、私をみちびき、生きる勇気を与えてくれました。

兼好さん、と呼ぶのは、私の心に、彼へのかぎりない敬慕と親愛があるからです。

兼好さんの遺《のこ》した言葉が、読者の皆様の生きかたを明るく照らす指針となることを、心から願いつつ。

清川　妙

兼好さんの遺言

目次

装丁――川上成夫
装画――小泉英里砂

1
刹《せつ》那《な》を生きる

利那覚えずといへども、
これを運びて止まざれば、
命を終ふる期、たちまちに至る。

刹那《せつな》とは時間の最小単位。短い、短い時間なので、私たちは意識さえしませんが、それを休みなく積み重ねていけば、いのちの最後もたちまちやってくるのです。だからこそ、ただ漫然と時の流れに身を任せるのでなく、自分でどのようにして時を運ぶか、心にしっかり決めることが大切。一瞬一瞬を大切に扱い、充実させていくことが、生きていく日々の質を決定すると、兼好さんは私たちに教えます。

歳月の厳しさ

一昨年の四月のはじめ、山口県防府《ほうふ》市の大道小学校に招かれて講演をした。ＰＴＡの人たち、地元の人たち、そして六年生が、その聴衆だった。

父母の生地である防府市には、幼少の頃からよく行き、小学校の休みなどは母方の祖父母の家に入りびたりだった。その縁《ゆかり》から、私は三十一歳のとき、その学校から頼まれて校歌を作詞したのだった。だから、集まった人々のなかには、親戚、知人をふくめて、たくさんのなつかしい顔があった。なかには半世紀を隔てて会う人もいた。

心のなかにひとつ驚いたことがあった。

それぞれの人の表情は、その人が、これまでの人生を、どんな心で、どう生きてきたかということを、如実《にょじつ》に、克明《こくめい》に、また精緻《せいち》に、物語っているのである。

小さいときから、まわりに親切で、気立てのやさしかった人は、笑顔のきれいなおばあさんになっている。美人で聞こえた人なのに、なんとなく生気がなくなって、なまじ目鼻立ちがいいだけに、表情の固さが目立ち、惜しいなあと思わされる人もいる。

生まれつきの美醜よりも、その人が人生をていねいに扱ってきたかどうかが、表情に透けて見えるのである。そのとき私は、『徒然草《つれづれぐさ》』の一節を思い出した。それは、歳月というものについて、いいようもないほどの厳しさで考えさせる言葉である。

刹那《せつな》覚《おぼ》えずといへども、
これを運《はこ》びて止《や》まざれば、
命《いのち》を終《を》ふる期《ご》、たちまちに至《いた》る。——第百八段

刹那とは、時間の最小単位で、極めて短い時間をいう。一説には、指をひと弾《はじ》きする間に六十五の刹那があるという。

人は、刹那という、この短い時間を意識しない。だが、これを休みなく運びつづけていけば、人間のいのちの最後もたちまちに来るのである——。

〝これを運びて止まざれば〟という言葉のなんという深さ。私たちは、わが手で、わが心で、刹那を運ぶ。ただ、時の上に乗せられて動いているのではない。自分で運ぶ。どう時を運ぶか、その運びかたが、生きていく日々の質を決定していくのだ。

利那の運びかたは、おのずから、運ぶ人の表情を変えたり、作ったりする。ふるさとで久しぶりに会った人たちの表情は、徒然草のこの言葉を、私に思いおこさせた。

徒然草とつきあいはじめてから、すでに多くの歳月を経ているが、事に触れては、そのなかの〈光る言葉〉を思い出し、あらためて考え直すことによって、ああ、そうか、そうだったのかと、その滋味に気づくことがたびたびあるのだ。

兼好さんを見ぬ世の友にして

思えば、ずいぶん遠い昔――山口県立下関高等女学校の三年生、十五歳の私は、徒然草に遇《あ》ったのだった。私には目指していることがあった。現在の奈良女子大学の前身である奈良女子高等師範学校――当時、たいへん難関だったその学校の文科に合格することだった。受験生の私は、日々、勉強に夜を更かしていた。

忘れもしない。ある夜、私は『国文解釈法』という本を開いていた。著者は塚本哲三。古文の名文のさわりをわかりやすくていねいに解釈したその本は、本州西端の港町の一女学生を、国文学の世界へと導いてくれた。そのなかに、次の文はあった。

ひとり燈火《ともしび》のもとに文《ふみ》をひろげて、
見ぬ世の人を友とするぞ、
こよなう慰《なぐさ》むわざなる。　　——第十三段

たったひとり、灯火の下に書物をひろげて、自分が見たこともない、遠い昔の人を心の友とすることは、このうえもなく楽しくて、心が慰められることだよ——。

ほんとうに短い、徒然草の著者、兼好法師の言葉。だが、言葉の心は、このとき、するりとわが心の中に入りこんだ。

〝見ぬ世の人〟とは、その書物の著者。自分が愛読する本を著した人と、生きかたにおいて、深くかかわる。本の読みかたとは、そういうものなのだ。

私のなかに新しい世界が展《ひら》かれた気がした。状況も似ていた。兼好は燭台《しょくだい》の灯の下で、私は電気スタンドの灯影《ほかげ》で。兼好もひとり、私もひとり。兼好が〝見ぬ世の人〟を「友」というなら、私は遠い鎌倉時代の随筆家兼好こそを〈見ぬ世の友〉としよう。師ではなく、友。以来、私は彼を、敬意と親しみをこめて、兼好さん、と呼ぶ。

〝ひとり燈火のもとに……〟のあと、兼好さんはこう続ける。

文《ふみ》は文選《もんぜん》のあはれなる巻々《まきまき》、白氏文集《はくしもんじふ》、老子《らうし》のことば、南華《なんくわ》の篇《へん》。
この国の博士《はかせ》どもの書ける物《もの》も、いにしへのは、あはれなること多かり。

具体的にあげられた、見ぬ世の友たち。すこし酔ったように、リズムをつけて詩のように書き並べたそれらの書物のうちの、ほんの一部分しか、私はまだ読んでいない。兼好さんは驚くほどの物識《ものし》り博士なのだ。

でもおそらく、彼の言葉のなかに、これらの書物のエッセンスはすでに溶けこんでいて、私も徒然草を通じて、すでにわが身の滋養としているのかもしれない。

人生は思いどおりにはいかないもの

念願の学校に、私はしあわせにも入学できた。小さいときから本の虫だった私は、奈良の四年間、兼好さんのいう〝見ぬ世〟の文学に夢中になった。その地が万葉のふるさとであることも、うれしいことであった。

『万葉集』『枕草子』を中心にした平安の文学、そして、『徒然草』。それらは、心の友のなかでも、ことに親しく思われ、共感に心をふるわせる書物だった。徒然草の、生きかた、考えかたなどは、いつも具体的な例をあげているのでわかりやすく、私は、心の友、兼好さんに、なにかと相談をしかけたものだった。

卒業した私は、母校、下関高女の教師となって帰っていった。二十二歳の私は、妹のように思える生徒たちに心熱く古典を語った。徒然草を教えた日々のことも、その当時の黒板に書いた字も目に浮かんでくるほど、こまやかに覚えている。

そして、私は恋もした。恋の相手と結婚できた私は幸福だった。

だが、最初に生まれた男の子は耳が聞こえなかった。予想もしないことだった。私は暗い穴に陥《お》ちて、もがいた。長い、長い間、途方に暮れていた。

そのとき、私が思い出したのは、この言葉である。

日々《ひび》に過ぎ行くさま、かねて思ひつるには似ず。
一年《ひととせ》の中《うち》もかくのごとし。
一生《いつしやう》の間《あひだ》も、また、しかなり。——第百八十九段ものごとは予想どおりにはいかないものなのだよ。毎日毎日、いろいろと予期せぬ出来事がおこるけれど、一年のうちにもそうであるし、人の一生という長い物差しで考えてもまた、あり得ないと思うようなことだっておこるのだ――。

「お前さん、人生はそう甘くないよ」

私は、兼好さんのそんなナマの声を、この耳もとで聴いたのだ。

そのとき、私は、ひとつの啓示のような、わが覚悟を心に持った。そうだ。たとえ、耳の聞こえない子どもの教育が、底なしのつるべで水を汲《く》むような至難のわざであろうとも、そのつるべについてきたひと雫《しずく》ずつの水を溜《た》めよう。

あのときの覚悟は、われながらみごとだったと思う。私たち夫婦は、その男の子と、一歳年下の女の子を連れて、山口市から、ろう教育の中心校のある千葉県市川市に転住した。男の子はよい成長を遂げていった。その日々のなかで、月刊誌『主婦の友』から頼まれて、子育てについて書いた手記がきっかけとなり、私に、ものを書いて生きる道が展《ひら》けていった。

これについては次章で語ることにし、やはり、徒然草のいちばんのメインテーマであるその死生観が、どう私を支えてくれたかを語ろう。

死は前よりしも来たらず

いつか、私は七十三歳になっていた。ものを書いて生きたいと思い立ち、踏み出したその日から三十年以上経《た》っていた。私は休むことなく書きつづけ、万葉集、枕草子、徒然草などを講義しつづけ、英語の勉強もして、すでに六回のイギリスひとり旅もこなしていた。

兼好さんのいう〈思ひつるに似ぬこと〉——それも、たいへん悲劇的なことが、しかも立て続けにおこったのは、その年の十月からだった。

秋の美しい朝だった。その日、長野県諏訪《すわ》市の講演会に出かける私を、夫は玄関まで出て、見送ってくれた。土間に立ち、彼を見上げ、私はこう言った。

「この服、新しく買ったのよ」

ホウ、というような微笑で、彼は受けてくれた。また、というようなひやかしもすこし入っていたような……。

「私も衣装が要《い》るのよね」

「そうだよな」 夫は、いい顔でうなずいてくれた。

「じゃ、行ってきます」

目と目を合わせてあいさつしたあと、私はドアをしめた。

それが、夫と私の最後の別れになろうとは、知るよしもなかった。夫はその翌日、奥信濃《おくしなの》の〝紅葉と秘湯を訪ねる〟グループ旅行に出かけていった。諏訪に一泊して帰宅した日の夕方、私は旅行会社の人から電話を受けた。

耳を疑う知らせだった。夫は露天風呂のなかで心不全をおこし、夢のようにあの世に旅立ったのだ。まさに、それは〈思ひつるに似ぬこと〉の極致だった。その日から私は、あわれにもがき、悲しみの堂々巡りを繰り返すばかりだった。

このときも私は、兼好さんの言葉にすがろうとした。すると、静かに、しかし、ピシピシと胸をうちたたくような厳しさを持つ言葉が浮かんできた。


死期《しご》はついでを待たず。死は前よりしも来たらず、かねてうしろに迫れり。人皆《みな》死ある事《こと》を知りて、待つこと、しかも急ならざるに、覚えずして来たる。沖の干潟《ひかた》遥《はる》かなれども、磯《いそ》より潮《しほ》の満つるがごとし。——第百五十五段死ぬ時期は、年齢にかまわず、順序を待たないでやってくる。死は前のほうから来るとは限らない。人がちっとも気づかないうちに、背後に音もなく迫ってきているのだ。人はみな、死というものがあるということは知っている。だが、その死というものは、まさかやってくるとは思ってもいないときに、突然やってくる。それは、はるか沖のほうまで干潟となっているときには、潮が満ちるとも見えないのに、突然に磯のほうから潮が満ちてくるのとおなじようなのだ――。

〝死は前よりしも来たらず、かねてうしろに迫れり〟とは、怖《こわ》い言葉だ。しかも、この部分の筆は、格調高い漢文調で歯切れ良く、しかも断定の気魄《きはく》に充《み》ちている。声を出して読んでみれば、よけい身に響く。すさまじい迫力である。

私はその言葉を以前から知っていたはずだ。だが、ほんとうにそうだと身ぶるいしたのは、夫の死に直面したときだった。それまでは、言葉はただの知識として、私の頭の上をすべっていっただけだった。その言葉を実感として、はだに触れて感じたのは、夫の死というおごそかな事実が私の身におきた、そのときであった。

「やっと、わかっただろう」

兼好さんの声を、また、私は聴いた。ささやくような声だった。

夫の突然の死をやっと納得できた私に、続く不幸が襲った。

半年後、息子が父のあとを追うようにこの世を去った。末期の癌《がん》だった。四十九歳だった。ハンディキャップにうち克《か》ち、大学で日本史を修め、ろう学校の教師になった。心やさしい女性を愛し、結婚。そして、中世城郭《じょうかく》の研究では業績も残した。

この二つの死の間に、私も胃の手術を受けた。だが、私は、その頃すでに死について兼好さんから深く学んでいたので、性根《しょうね》がすわってきていたように思う。

「手術します」

「はい」明るい素直さで、私は運命に従った。

兼好さんもこう言っているではないか。

若きにもよらず、強きにもよらず、
思ひかけぬは死期《しご》なり。
今日《けふ》まで逃《のが》れ来《き》にけるは、
ありがたき不思議《ふしぎ》なり。——第百三十七段

若いとか、強いとか、そんなことには関係なく、思いがけないのは、死のやって来る時期だ。今日まで、死をまぬがれて生きていることは、不思議のきわみである――。

若くて、病気もしたことのない息子は突然死んだ。親が子をとむらう逆縁という運命を、私は受け入れざるを得なかった。そして、私自身はまるで魔術のように、死の手から逃れることができた。

〝ありがたき〟とは「めったにない」という意。兼好さんの〈ありがたき不思議〉を、私はかみしめた。生かしてもらった、と思った。

生き直す言葉

苦悩のときを抜け出し、仕切り直し、〈生き直す言葉〉はないか、と、私はそのときも徒然草の全巻にあたった。

あった。まさしくあった。まるで、その部分だけ明るく浮き出して見えるような言葉が。その言葉は、ひとすじの光芒《こうぼう》となって、わが心にさしこんできた。

人《ひと》、死《し》を憎まば、生《しやう》を愛すべし。

存命《ぞんめい》の喜び、日々《ひび》に楽しまざらんや。――――第九十三段

死を憎まば、とは、ただ死がきらいという意味でなく、人間はかならず死ぬ、という この厳然たる事実をみつめ、受け入れ、覚悟するならば、という意味にとりたい。その覚悟をしかと決め、あらためて、命というものを見直せば、〈存命の喜び〉＝生かされている命を愛する思いは、ひしひしと胸に迫ってくる。生きているということを、日々、楽しまないでよいものか――。

〝楽しまざらんや〟は反語法の表現である。楽しまないでおられるか。いや、絶対に楽しまなければならぬ。ひとたびは否定し、いやいや楽しむべきだと強くうなずいてみせる。ここで、兼好は、われとわが身に言い聞かせている。厳しい自戒の言葉なのである。


さてそれでは、生を楽しむにはどうするか。ここで、思いはまた、もとに戻る。

〝刹那《せつな》覚えずといへども、これを運びて止まざれば、命を終ふる期《ご》、たちまちに至る〟。

あの言葉を、生きる日々の芯《しん》にするのだ。

一瞬、一瞬、生きている。いのちの粒が光っている。その一瞬、一瞬を、二度と帰らぬものとして楽しむのだ。充実させるのだ。

ひとり暮らしのいまの私の日々には、亡き夫や息子たちも、まだ、そこらにいるような気もして、言葉を交わすこともたびたびある。娘は近くに住み、私を支えてくれているし、息子の妻とも、息子が生きていたときと変わらぬ親しさで繋がれている。

そして、もちろん兼好さんは、私の若き日からの〈心の友〉の座に、デンとすわっている。「おいおい、友じゃなくて、先生と言えよ」と、ときどき、彼はブツブツ言っているけれど。

そんなとき、私は〈心の友〉にこう答える。

「兼好さん、あなたは私の人生のいろいろな節目に、きびしく、的確な、そして慈愛に充《み》ちたアドバイスをくださったわ。おかげで、私は前を向いて歩くことができた。私はあなたを人生学校のすばらしい先生だと思い、心から尊敬しています。でもね、ほんのときどきだけど、すこし古いわね、とか、やっぱり男性ねって思うときもあるのよ。そんなとき、私はあなたとディスカッションをしたいと心から思うの。そのためにはやはり、先生じゃなくて〈心の友〉の関係がいちばん楽しいと思うのよ」

2 思い立ったら、時を移さず

何ぞ、ただ今の一念において、
ただちにする事の甚だかたき。

何かを思い立っても、まあ、あとでもいいか、と、ついつい先延ばしにするのは、私たちがよくやること。目の前のことに取りまぎれ、怠《なま》けつづけていれば、何事も成就《じょうじゅ》せず、後悔すれども後《あと》の祭《まつり》。「そんなことをしていたら、坂をくだる輪のように、急激に老化してしまうぞ」と、兼好さんは警告します。その彼が、噛《か》んで含めるように言い聞かせるのは、ただひとつ。「思い立った一念をけっして逃さず、ただちに実行に移せ」ということです。

世間の人、なべてこの事あり

徒然草の中《なか》で、兼好さんが何度も何度も飽きもせずに繰り返していることがある。

「思い立ったら、時を移さず、すぐに行動に移せ」ということだ。

おもしろいエピソードを通して、兼好さんがその主張を強力に述べたてている第百八十八段を、まずご紹介しよう。自分の主張や持論を展開し、相手を納得させようとするとき、彼はそれにピッタリのエピソードを持ってくる名人なのだ。

ある人が、子どもを坊さんにしようとして、その子にこう言い聞かせた。

「まず、仏教の勉強をよくして、善いことをすれば善い報《むく》い、悪事を働けば悪い報いがあるという因果応報《いんがおうほう》の原理を深く知りなさい。そして、ありがたいお経の話などを人に説き聞かせることを仕事にして、生計を立てなさい」

その子は親の言いつけどおりに説教師になろうとしたが、それより前にこう考えた。

残念ながら、私は輿《こし》も牛車《ぎっしゃ》も持っていない。もし、法事や供養などに重だった僧として招かれたとき、先方が迎えに馬などよこしたらどうしよう。乗馬が下手《へた》で、まるで桃の実のすわりが悪いように、鞍《くら》に尻《しり》がうまくすわらず、落馬でもしたら、みじめだろうな。こう思って乗馬を習いはじめた。

そして、そこそこ上手になると、次にはこんなことを考えた。法事のあとに、酒なんか勧められるようなこともあろう。そんな席で、坊さんがまったく無芸でいるのは、招いてくれた信者も、さぞがっかりするだろう。早歌《そうか》でも習おうか、と、その稽古をはじめた。早歌とは宴席などで歌われる七五調の歌謡で、のちの謡曲のルーツかといわれているものである。

さて、乗馬も早歌もだんだんベテランの境地に達してきたので、彼はうれしくなった。そして、この二つのことに入れこんで、ひたすら稽古に励むうちに、肝心の説教は習うひまもなくて、いつか年をとってしまった——。

ここで、原文にあたってみよう。ぜひ、声に出して読んでいただきたい。そのほうがずっと理解を助けるし、脳の訓練にも効果的なはずだ。原文は淡々と書かれたように見えながら、じつは言葉の裏にそっと笑いを噛《か》み殺している気配もある。それをかぎとることのできるあなたは、読みかた上手の人である。

ある者、子《こ》を法師になして、「学問《がくもん》して因果《いんぐわ》の理《ことわり》をも知り、説経《せつきやう》などして世《よ》渡るたづきともせよ」と言ひければ、教へのままに、説経師にならんために、まづ馬に乗り習ひけり。輿《こし》・車《くるま》は持たぬ身の、導師《だうし》に請《しやう》ぜられん時、馬など迎へにおこせたらんに、桃尻《ももじり》にて落ちなんは、心憂《こころう》かるべしと思ひけり。次に、仏事ののち、酒など勧むる事あらんに、法師の無下《むげ》に能なきは、檀那《だんな》すさまじく思ふべしとて、早歌《さうか》といふことを習ひけり。二つのわざ、やうやう境《さかひ》に入《い》りければ、いよいよよくしたく覚《おぼ》えて嗜《たしな》みけるほどに、説経習ふべきひまなくて、年寄《としよ》りにけり。――第百八十八段

「あら、この話、べつに坊さんにかぎらない。よくあることじゃないの」

読者にそう思わせておいて、彼はピシャリと言い放つ。

この法師のみにもあらず、世間の人、なべてこの事あり。

この坊さんだけではない。世間の人はみな、おなじようなことをやるものだ――と。

こう鋭く喝破しておいて、兼好さんは、〝この事〟とはどんな事かを語りはじめる。ゆっくりと、言葉のひとつひとつを、「そうだろう、ちがうかね?」と念を押しながら、噛んで含めるように文章を進めていく。

坂をくだる輪にならないで

若きほどは、諸事《しよじ》につけて、身を立て、大きなる道をも成じ《じやう》、能《のう》をもつき、学問《がくもん》をもせんと、行末久《ゆくすゑひさ》しくあらます事《こと》ども心にはかけながら、世《よ》をのどかに思ひて、うち怠《おこた》りつつ、まづ、さしあたりたる目の前の事にのみまぎれて月日《つきひ》を送れば、ことごと成《な》す事なくして、身は老《お》いぬ。

長いセンテンスだ。自分の志《こころざ》す道にまっすぐにつき進まず、目の前のことに取り紛れて、のんびりのどかに過ごしている人のようすをつぶさに語るところだから、わざと切迫感を出していないのだ。ゆったりと踏みしめて書かれた、ここの文章を現代語に訳してみよう。

若い頃は、何事につけても、立身出世して、大きなことを成し遂げて、いろいろな習い事にも熟達《じゆくたつ》し、勉強もしようと、遠い将来にわたって生活設計を立てながらも、まだまだ先があるさと一生をのんびり思って、怠けつづけ、まず目の前のことばかりに取り紛れて月日を過ごすうちに、そのどれもこれもが成就することなく、いつのまにか年をとってしまうものだ——。

読みながら、わかる、わかる、身につまされる、と思う人は多いだろう。彼の筆は、ここからは容赦もなく、ぐんぐんたたみかけていく。

終《つひ》に物《もの》の上手《じやうず》にもならず、思ひしやうに身をも持たず、悔ゆれども取り返さるる齢《よはひ》ならねば、走りて坂をくだる輪のごとくに衰《おとろ》へゆく。

とうとう、何事につけてもベテランにもならず、若い頃に志を立てたようには成功もせず、ああ、しまった、と後悔しても後の祭、取り返しもつきはせず、坂を走りくだる車輪のように、急激に老化していく——。

ここは文章自体が、まるで坂をくだる車輪そのもののように、どんどんと加速度をつけて、結論をひき出していく。読者の目には、坂をくるくる、くるくる、転がり落ちる輪が見える。具体的なイメージを読者に刻みつけて、説得力を増す。ここも、この作者のわざの見せどころなのだ。

ある小さな講演会で、「坂をくだる輪にならないために」というタイトルでお話をしたときのことである。前もって配っておいた自筆のプリントには、当然、この文章も記しておき、当日、講演でも触れた。

講演の日から数日後、当日の聴き手の一人——四十代の主婦のかたにちょっとした質問があって電話をかけた。用件が終わったとき、相手はこう話し出された。

「このあいだの〝若きほどは、諸事につけて〟という文章、しっかりしなさいときつく励まされている気がして、あれから毎日暗誦《あんしょう》しています。だいぶ覚えました」

「えらいわね。ちょっと暗誦してみて」

電話の向こうの暗誦に私もつきあい、つっかえたら助け舟を出しあったりして、二人でなんとか〝輪のごとくに衰へゆく〟まで辿《たど》りつくことができた。私は言った。

「それにしても、〝走りて坂をくだる輪〟なんていう最後のあたりはぞっとするように怖《こわ》いわね。脅《おど》されているみたいでしょう」

「そうなんですよ。だから、そうならないようにって、せめてしっかり覚えておこうと思ったんです。もう〝取り返さるる齢ならねば〟、なんでしょうか」

「まだまだ大まにあいよ。いまからスタートしてもりっぱに花を咲かせられる年よ」

私はそう答えた。心からそう思えたからだ。

私自身、四十代で物書きの道に出発した。遅い出発と、そのときは思った。しかし、どんなに小さな仕事でも、心をつくしてやりとげてきた。

そして、九十歳の今日まで、とにかく続けることができている。

明日をも予測できぬからこそ

〝走りて坂をくだる輪〟にならないためにはどうするか。兼好さんはこうしめる。

されば、一生《いつしやう》のうち、むねとあらまほしからん事《こと》の中《なか》に、いづれかまさると、よく思ひくらべて、第一の事を案《あん》じ定《さだ》めて、その外《ほか》は思ひ捨てて、一事《いちじ》をはげむべし。

だから、一生のうちに、おもにこんなふうにしたい、とあこがれるいろいろなことのなかで、どのことがいちばん自分の心からの望みか、よくよく考え比べて、いちばん大事なことを考えて決めて、そのほかのことは思いきって切り捨てて、その一事だけを大切にして励み、磨くのだ——。

こう思ったら、人が笑おうが、なにかまうことはない、心から望む道にすぐに進めと、兼好さんはいうのだ。彼はここでまた、興味ぶかいエピソードを示してくれる。まずは、私の現代語訳で読んでいこう。

ある雨の日のことである。

大勢の人が集まっている座で、ある人がこう言った。

「ますほの薄《すすき》、まそほの薄《すすき》の違いのことなら、摂津《せっつ》の渡辺（大阪市東区）というところに住むお上人《しょうにん》様が聞き伝えて、よくご存じですよ」

ますほの薄、まそほの薄とは、どちらも穂が朱《あか》みを帯びた薄のことだが、鴨長明《かものちょうめい》の『無名抄《むみょうしょう》』という歌論書によれば、それぞれの薄にどんな違いがあるか書かれている。この場でも、この二つの薄について、和歌に使われる言葉として、どんなふうに使い分けがされるのか、問題となったのだろう。

その話を聞くやいなや、座のなかにいた登蓮《とうれん》法師は立ち上がった。

「蓑《みの》と笠《かさ》がありますか。お貸しください。その薄のことをうかがいに、渡辺のお上人様のところをお訪ねしたいのです」

一座の人は言った。

「えっ、急に？　この雨の中をとんでもない。晴れてからでいいじゃありませんか」

すると登蓮法師はこう言いきったものだ。

「あなたこそ、とんでもないことをおっしゃる。人の命《いのち》は雨の晴れ間を待ってくれるものでしょうか。私も死に、お上人様も亡くなられたら、尋ね聞くこともできないじゃありませんか」

そして、蓑と笠を借りるやいなや、走り出ていき、そのことを習ったそうだ——。

登蓮法師とは『詞花《しか》和歌集』以下の勅撰《ちよくせん》和歌集にも歌を載せられている歌人だ。興味ある話題だけに登蓮法師の心はさっと反応し、一刻も早く知りたいと、好奇心につき動かされたのであろう。いきいきと人物の動きあざやかな原文を楽しんでみよう。

人の数多《あまた》ありける中《なか》にて、ある者、「ますほの薄《すすき》、まそほの薄《すすき》などいふ事《こと》あり。わたのべの聖《ひじり》、この事を伝《つた》へ知《し》りたり」と語《かた》りけるを、登蓮法師《とうれんほふし》、その座《ざ》に侍《はべ》りけるが、聞きて、雨の降りけるに、「蓑笠《みのかさ》やある。貸《か》し給《たま》へ。かの薄の事ならひに、わたのべの聖のがり、尋《たづ》ねまからん」と言ひけるを、「あまりに物《もの》さわがし。雨やみてこそ」と人の言ひければ、「無下《むげ》の事をも仰せらるるものかな。人の命《いのち》は、雨の晴れ間をも待つものかは。我《われ》も死に、聖も失《う》せなば、尋ね聞きてんや」とて、走り出《い》でて行《ゆ》きつつ、習ひ侍りにけりと申し伝へたるこそ、ゆゆしくありがたう覚《おぼ》ゆれ。

〃人の命は、雨の晴れ間をも待つものかは〃。

登蓮法師のこの言葉こそ、兼好さんのいいたかった言葉なのだ。明日をも予測できぬいのち。死は背後からそっとしのび寄り、無警戒の人をつき落とす。雨がやむまでも待っておれぬ。いま、この瞬間、一刹那《いっせつな》が大事。兼好さんはそう言いたかった。だからこそ、彼はこの話を、〃ゆゆしくありがたう覚ゆれ〃——ほんとうにすばらしく、また、めったにないことだ——と、心から感嘆して結ぶのである。

いまだ。いましかない。雨もものともせず走り出た登蓮法師の心意気。その頬《ほお》には雨のしずくも光っていたか。それは、彼のその瞬間の心のきらめきのような気もする。

ただ今の一念をたいせつに

私の人生にも、パッと走り出たときがあった。

三十九歳のときであった。

その頃、一年ばかり、高校の国語教師の仕事をやめて、家でできる仕事だけをしていた。テレビのモニターとか小学生の家庭教師の仕事である。だが、うつうつとして物足りなかった。ほとんどを夫の収入に頼る日々は、なんだかゆるい縄で縛られているような焦燥感があった。縄を解き放ちたいと思っていた。

ある秋の、よく晴れた日だった。私の心に、ひとつの決意がわきおこった。

一歩を踏み出すのだ。ものを書く仕事をもらうために。

じつは、その四年ほど前、私は月刊誌『主婦の友』から依頼を受け、耳の聞こえないわが息子をどう育ててきたかについての手記を書いた。

その当時、書きたいという思いは、胸のなかに積もり積もって、あふれそうになっていた。私なら書ける。私しか書く者はいない、という自信もあった。私は全身全霊をこめて書いた。六十枚の原稿を一週間で。

寒い冬だった。私は小さな一人用のこたつに入り、その上にスタンドの灯をともし、書きついでいった。夫や二人の子どもの眠りを妨げないようにと、シェードに風呂敷をかけたことも微笑《ほほえ》ましい思い出だ。

「聞こえない葦《あし》」と題したその手記を、編集者はほめてくださった。プロの書き手ではない人の文章は、プロの手に渡され、リライトされて活字になるのが普通であった。だが、私の文章は一字一句直されずに、そのまま『主婦の友』に載った。編集者は電話で次のようなことも伝えてくださった。

「編集長が、この人はものを書いて生きていける人じゃないか、と言っていました」

その日以来、胸にしまわれたままであったこの言葉は、四年あまり経った、その、よく晴れた美しい秋の日に、突然よみがえった。光を帯びて降ってきた天啓《てんけい》のように。

私はすぐに、あの日の編集者に電話をかけた。その人とは、その後も文通で友情を繋《つな》いでいたのだった。

「今日はおひまでしょうか。ちょっとお願いがあり、お会いしたいのですが……」

どうぞ。いいお返事だった。

いまでも覚えている。水色とグレーのツイードのスーツを着て、御茶ノ水駅から主婦の友社までの坂道をくだっていった自分を。見えない手が背中を押してくれているような、その幻の感覚を。私は編集者に頼んだ。

「埋《う》め草みたいなどんな小さな原稿でもよいので、書かせていただけませんか」

「うちでは社外ライターにはお願いしていませんのよ。でも、ちょっと心あたりがありますから、電話してみましょう」

彼女が、小学館の『マドモアゼル』という女性誌にかけてくださった一本の電話から、私のもの書き生活ははじまった。その翌日、「聞こえない葦」をその編集部に持参して面接を受けた私は、その場で原稿を依頼され、それからなんと五十年間、書きつづけている。

緊張と集中とつよい意志を要求される日々。だが、原稿を書き終えたあとの達成感と充実感はなにものにも換えがたい。生きているという実感が心身にみなぎる。

登蓮法師の雨の日の出立《しゅったつ》のように、私も、あの秋の日、憑《つ》かれたように、前に向かって歩き出して、ほんとうによかった、と、いつもあらためて思う。

徒然草の九十二段には、これもまた、身に沁《し》みとおるような、深く勁《つよ》い言葉がある。

何《なん》ぞ、ただ今《いま》の一念《いちねん》において、
ただちにする事《こと》の甚《はなは》だかたき。——第九十二段

目の前にある、その一瞬間の思いを、直《ただ》ちに実行することは、どうしてこんなにむつかしいのだろう。その思いこそ、すぐに実行に移すべきなのに——。

〈ただ今の一念〉とは、あるとき、さっと心を走りすぎる〈一瞬の光〉のようなものかもしれない。意志のこもる手をさしのべて、瞬時にとらえなければ、逃してしまうものなのだ。

思えば、一歩を踏み出してお茶の水の坂道をくだっていったあの日の思いこそ、まさに兼好さんのいう〈ただ今の一念〉そのものだったと思う。

〈ただ今の一念〉をとらえ得てよかった、という充足感が、いまの私のなかには、たしかにある。

3 自分の頭で考える

吉凶は人によりて、
日によらず。

幼いときから好奇心旺盛な賢い子で、訊《き》きたがりやだった兼好さん。彼はいつも、自分の目で見、自分の頭で考える人でした。その兼好さんが遺《のこ》した言葉が、「吉凶《きつきよう》は人《ひと》によりて、日《ひ》によらず」。縁起がよい日、縁起が悪い日などというけれど、日柄《ひがら》の善《よ》し悪《あ》しは、すべて人が決めたもの。世間の噂《うわさ》に流されないで、自分の頭で考えて、自分の足で立って生きていこうよ、と、彼は説きます。その先に見えてくるものがあるならば、それが、人生の哲理なのです。

訊きたがりやの兼好さん

徒然草は、この有名な文章ではじまる。

つれづれなるままに、日《ひ》ぐらし、硯《すずり》にむかひて、
心にうつりゆくよしなし事《ごと》を、そこはかとなく書きつくれば、
あやしうこそものぐるほしけれ。――序段

ひとり暮らしの所在のない時間をどう過ごそうかと、一日じゅう机に向かって、心に浮かんでは消え、消えては浮かんでくるとりとめのないことを、あれこれと筆に任せて書きつけていくと、なんだかむやみに心は高揚していって、われながら狂おしいと思われるほどだ――。

好奇心にあふれ、英知に輝く目をみはり、兼好さんは人の世のあらゆる出来事を、

おもしろがり、いとしみ、見据《す》え、考え、論破もして、自在な筆で語っていく。彼はすでに、この序段に、さまざまな対象への深い興味を秘めている。

そして、二百四十二段を書き終えた最後の段で、彼は、なにか打ち明け話のような静かな口調で、八歳のときの思い出を、読者に語ってくれている。

八つになりし年、父に問ひていはく、「仏《ほとけ》はいかなるものにか候《さうら》ふらん」といふ。父がいはく、「仏には人の成りたるなり」と。また問ふ、「人は何《なに》として仏には成り候ふやらん」と。父また、「仏の教へによりて成るなり」と答ふ。また問ふ。「教へ候ひける仏をば、何が教へ候ひける」と。また答ふ、「それもまた、先の仏の教へによりて成り給ふなり」と。また問ふ、「その教へはじめ候ひける第一の仏は、いかなる仏にか候ひける」といふ時、父、「空よりや降《ふ》りけん、土よりや湧《わ》きけん」といひて笑ふ。「問ひつめられて、え答へずなり侍りつ」と、諸人《しょにん》に語りて興じき。

――第二百四十三段

八歳になったとき、私は父に尋ねた。「仏とはどういうものでしょう」。父いわく、

「仏には人がなったのだ」。そこでまた、「それでは、人はどうして仏になるのですか」と尋ねると、父もまた、「仏の教えによってなるのだよ」と答えた。私はまた父に、「その教えた仏を何が教えたのですか」と尋ねると、父はまた、「それもまた、その前の仏が教えたのだ」と答える。私がさらに重ねて、「そのいちばんはじめに教えた仏とは、どんな仏だったのですか」と尋ねると、父は「さて、空から降ったのかなあ、地から湧いたのかなあ」と言って、笑った。

そして、のちに父は、「子どもに問いつめられて、返事もできなくなって、閉口しました」と、人々に語って、おもしろがったものだ——。

八歳にしてすでに、兼好さんは何にでも興味を持ち、ひとつのことを、なぜ、なぜと追究してやまない子どもだった。しかも、〝仏はいかなるものにか候ふらん〟と、形のつかめない、漠《ばく》としたものへの興味追究なのだから、驚く。最初は子の好奇心にていねいにつきあっていた父も、最後には降参して、笑いに紛らすしかなかった。

父親も、「お前もしつこいな」とか「もうやめてくれ」とか言わず、むしろ、子の聡明《そうめい》さに目を細めているようす。父親は卜部兼顕《うらべかねあき》といい、治部少輔《じぶのしょう》の職にあったというが、兼好さんの育った知的環境のよさが偲《しの》ばれる。

それにしても、子どものときからなんでも疑問に思ったことはその場ですぐに問いたしかめずにはおられなかったその心癖《こころぐせ》を、徒然草の最後の最後に記したのは、その集積がこの本だ、と言っているような気がする。

訊きたがりやの兼好さんは、大人になってもおなじであった。「高名の木のぼり」という有名な段のなかでも、彼はやはり、その場で疑問を投げかけている。

高名《かうみやう》の木《き》のぼりといひしをのこ、人をおきてて、高き木にのぼせて梢《こずゑ》を切らせしに、いと危《あやふ》く見えしほどは言ふ事もなくて、降《お》るる時に、軒長《のきたけ》ばかりになりて、「あやまちすな。心して降りよ」と言葉をかけ侍《はべ》りしを、「かばかりになりては、飛び降るるとも降りなん。如何《いか》にかくいふぞ」と申し侍りしかば、「その事に候《さうらふ》。目《め》くるめき、枝危《えだあやふ》きほどは、おのれが恐れ侍れば申さず。あやまちは、やすき所になりて、必ず仕《つかまつ》る事に候」といふ。――第百九段

木登り名人と世間が呼んでいた男が、人を指図して、高い木に登らせて、木の枝先を切らせたときのこと。たいへん危険に見えていた間は黙って見ていたのに、降りる

ときに軒の高さぐらいになってはじめて、「しくじるなよ。気をつけて降りよ」と声をかけたので、「これくらいの高さになってしまえば、飛び降りたって降りられよう。どうして、わざわざ、そんなことを言うのか」と尋ねたところ、木登り名人はこう答えた。「それはこういうわけでございますよ。高いところで、目がくらくらとして、枝が折れそうで危ないうちは、本人自身が恐れて用心していますので、こちらからは何も申しません。失敗というものは、もう大丈夫と安心する段になって、かならずしでかすものでございます」と――。

木の傍《かたわ》らでずっと見ていた兼好さんは、軒の高さばかりになったとき、はじめて声をかけた木登り名人を不思議に思い、「どうして？」と、すかさず尋ねたのだった。梅檀《せんだん》は双葉《ふたば》より芳《かんば》し。子どものときから訊きたがりやの賢い子だった兼好さんは、大人になってもちっとも変わってはいない。

木登り名人の答えに、なるほどと深く感心した彼は、この段をこう結ぶ。

あやしき下﨟《げらふ》なれども、聖人のいましめにかなへり。鞠《まり》も、かたき所を蹴出《けい》だしてのち、やすく思へば必ず落つと侍《はべ》るやらん。

たとえ身分は低くても、言っていることは中国古代の聖人の教えることとおんなじだ。蹴鞠《けまり》も、むつかしいところをうまく蹴りあげて、ホッとしてこれで大丈夫と思ったときに、かならず鞠が落ちる、と、その道の戒めがあるようだ——

徒然草のなかで兼好さんは、何度も、「道の人《プロフエツシヨナル》」と「非家の人《アマチユア》」との違いを熱をこめて語っているが、この高名の木登りもまた、すぐれた〈道の人〉である。

〈道の人〉とはなにか。それは、一道をきわめることによって、ものごとの本質を会得した人である。そして、ものごとを会得するのに必要な素質が、〈哲学する心〉である。ここでは、木登りひとすじに鍛えあげた彼の仕事が、〈哲学する心〉を育てあげたのである。

兼好さんの生きた鎌倉の世は、現代とはまるで価値観の違う身分社会であったけれど、そのなかにあって彼は、身分の高い低いによらず、尊敬すべきは尊敬する、という姿勢をとっている。けっして、上からの目線で人を見下ろしたりはしない。

彼はいつも、人の世の出来事を、自分自身の英知で分析する。群集心理にあおられたり、付和雷同《ふわらいどう》なんかしない。

彼はいつも、〈ひとりの目〉でものを見、〈ひとりの心〉で考える。

吉凶は人によりて、日によらず

注目したい一段がある。

赤舌日《しやくぜちにち》といふ事、陰陽道《おんやうだう》には沙汰《さた》なき事なり。昔の人、これを忌《い》まず。このごろ、何者《なにもの》の言ひ出《い》でて忌み始めけるにか、「この日ある事末《すゑ》とほらず」と言ひて、その日、言ひたりしこと、したりしこと、かなはず、得《え》たりし物は失ひつ、企《くはた》てたりし事ならずといふ、愚かなり。吉日《きちにち》を撰《えら》びてなしたるわざの、末とほらぬを数へて見んも、また等《ひと》しかるべし。

そのゆゑは、無常変易《むじやうへんやく》の境《さかひ》、有《あ》りと見るものも存《ぞん》ぜず、始めあることも終りなし。志《こころざし》は遂げず、望みは絶えず、人の心不定《ふぢやう》なり。物皆幻化《みなげんげ》なり。何事《なにごと》か暫《しばら》くも住《ぢゆう》する。この理《ことわり》を知らざるなり。「吉日《きちにち》に悪をなすに必ず凶《きよう》なり。悪日《あくにち》に善をおこなふに必ず吉なり」といへり。吉凶は人によりて、日によらず。

——第九十一段

赤舌日という耳慣れない言葉をまず説明しておこう。

太歳神《たいさいじん》という木星の精の将軍がいる。この西の門を守っているのが赤舌神《しやくぜつじん》で、その部下に六鬼《ろつき》がいて、一日交代の当番制で門を守護する。六鬼のうち、三番目の羅刹鬼《らせつき》は忿怒《ふんぬ》の形相もすさまじく、衆生《しゆじよう》をふるえあがらせる、というところから、この鬼の当番日を赤舌日と呼び、凶日として忌むのである。しかも六日ごとに廻《めぐ》ってくるので、なんと一年に六十日もあることになる。これが、平安期の中期以後、陰陽道でいわれはじめた凶日である。

これについて、兼好さんはきっぱりと言いきる。

赤舌日という凶日のことは、陰陽道では問題になんかしていない日だ。昔の人はこの日を忌んで避けるようなことはしなかった。

最近になって、いったい、誰が言い出して忌みはじめたのだろう。この日に行なったことは結果がよくないときめつけて、言ったこともやりはじめたこともうまくいかず、手に入れたものは失うし、計画したことは成就《じようじゆ》しない、などと一切を否定するが、これはまったく愚かなことだ。吉日を選んでやったことが駄目になった数と、赤舌日にやったことが駄目になった数を、それぞれ数えてみたら、同じ数になるだろう。

赤舌日が凶の日だというような考えが、なぜ愚かなのかということを説明しよう。およそこの世にあるものすべては変転きわまりないもの。存在していると見るものも、じつははかなく消え去るもの。はじまったことに終わりはなく、志はかなえられず、しかも欲望にかぎりはなく、人の心は変わるものだ。この世にあるものすべては幻のようなもの。あらゆるものが現状のままを保つことがあろうか。赤舌日を凶日と忌みきらう人たちは、ものみな変わりゆくという原理を知らないのだ。

日に吉日と凶日があるわけがない。「吉日に悪いことをすれば、かならず凶の日となり、凶の日によいことをすれば、かならず吉の日になる」とも、世に言われているではないか。吉か凶かは、人の行ないによってきまるのだ。暦の上の吉日、凶日ではけっしてない――。

〝吉凶は人によりて、日によらず〟

この結びの言葉は、ピシャリと言いきって、理知の人、兼好さんのゆるぎない自信に充《み》ちた言葉である。

「はじめから運命がきまっているのではない、人間の日々の行為が吉凶をきめるのだ」と、覚めた目で見つめているのである。

ひとつの忘れられない思い出がある。いまからもう二十年ばかりも前のことだ。私の持つ教室に、四十代なかばから通いはじめ、今日の日までひたすら誠実に学びつづけている津田仁美さんが、ある日、電話をかけてこられた。医師から胃の病気の疑いがあると言われ、その検査のために、生まれてはじめて胃カメラを飲むことになったと、彼女は心配そうに告げたあと、こう、言葉を続けた。

「しかも、その日が仏滅《ぶつめつ》なんです。なんだか心配で……」

いまの世にも、陰陽道はその名残をとどめている。大安《たいあん》はすべてによい日、仏滅はすべてに凶の日、三隣亡《さんりんぼう》はこの日に建築をすれば火災をおこす、などという。

私はそういうことをちっとも気にしないが、気にする人は気にするだろうから、気にしないでと言ってもしかたがない。だが、なんとかして、彼女の胸に影を落とす不安を吹きとばしてあげたいと思ったそのとき、私の頭に、インドのクシナガラ城外で、動物たちに囲まれて涅槃《ねはん》に入る釈迦《しやか》の寝姿が思い浮かんだ。

「あのね、津田さん、仏滅というのはお釈迦様の亡くなられた日なんでしょう。悟りをひらいて大往生なさったんだし、動物たちもみんな集まって泣いてくれたんでしょう。むしろ、いい日じゃないの」

そして、また、兼好さんのこの、ゆるぎない言葉を思い出した。

「徒然草でも言っているわ。〝吉凶は人によりて、日によらず〟って。大丈夫よ。日柄に、よいわるいはないのよ」

電話の向こうで、津田さんは小さく笑った。

「ありがとうございます。おかげで元気が出ました。素直な気持ちで胃カメラを飲んできます」

津田さんの検査結果は吉であった。そして、いまでも彼女はその日のことをよく覚えていて、「あれから、日柄のことなど気にならなくなりましたのよ」と言う。

ひとつの言葉が、ちょっとした気のもちようを変えてくれることがある。

たったひとつの言葉が、前に進む勇気を与えてくれることもあるのだ。

あやしみを見てあやしまざる時は

第二百六段は、牛が登場する話である。この段はいろいろとむつかしい言葉が多いので、まず前半のあらすじを説明しよう。

徳大寺右大臣《とくだいじのうだいじん》（徳大寺公孝《きんたか》）が検非違使《けびいし》（検察・裁判・警察の三つを兼ねた役人）の別当《べつとう》（長官）であった頃の話である。その当時は別当の邸に検非違使庁という役所が置かれていた。あるとき、中門《ちゅうもん》の廊《ろう》の間《ま》に人々が集まり、評定《ひょうじょう》がなされていた。そのとき、役人の章兼《あきかね》という男が飼っている牛が、牛車《ぎっしゃ》の繋《つな》ぎから放れて、ところもあろうに、中門の廊にしつらえられた、検非違使の別当の座所である浜床《はまゆか》に登った。浜床というのは、方形の台に畳を敷き、身分の高い人の御座所《ござしょ》にしたものである。牛はなんと、いまでいえば警察長官の椅子に、しかも、一度飲みこんだものを口に戻して噛《か》み直す反芻《はんすう》をしながら、悠々と寝そべっていた。検非違使庁内は大さわぎとなった。

ここからは原文に移ってみよう。

（前略）重き怪異《けい》なりとて、牛を陰陽師《おんやうじ》のもとへつかはすべきよし、おのおの申しけるを、父の相国《しやうこく》聞き給《たま》ひて、「牛に分別《ふんべつ》なし。足あれば、いづくへかのぼらざらん。尩弱《わうじやく》の官人、たまたま出仕《しゆつし》の微牛《びぎう》を取らるべきやうなし」とて、牛をば主《ぬし》に返して、臥《ふ》したりける畳《たたみ》をば替《か》へられにけり。あへて凶事《きようじ》なかりけるとなん。あやしみを見

てあやしまざる時は、あやしみかへりて破る。——第二百六段

重大な怪事件だというので、牛を陰陽師のところへ遣って、占わせなければいけないと、役人たちは口々に申しあげた。

だが、お聞きになった別当の父君、太政大臣実基《さねもと》公は、こうおっしゃった。「牛には何の判断力もない。足があるんだから、どこにだって登るだろう。しがない薄給役人の章兼が、たまに出仕するのに使うやせ牛を取りあげられては、たまったものじゃない。かわいそうじゃないか」。

そして、牛は持ち主に返し、畳だけをお替えになった。その後、別になんの凶事もおこらなかったという。怪しいことを見ても、驚き怪しまないときには、かえって、その怪しいことは消滅してしまうのだ——。

〝あやしみを見てあやしまざる時は、あやしみかへりて破る〟

この言葉は、もともとは中国のことわざなのだが、当時、世間に広く流布していたものであろう。

〝牛に分別なし。足あれば、いづくへかのぼらざらん〟と明快に言いきり、たしなめ

た実基は、合理的な頭を持つ理知の人。兼好さんもまた、理知の人である。〈迷信や因襲を分析し、深く考え、確証のないことには従わない〉ということは、徒然草のなかでも、特筆すべき精神だと思う。

そして、兼好さんが実基に感心したことは、もうひとつある。それは、薄給の役人、章兼の懐具合を察知して、情けぶかく許してやった、その心に、である。

世間の噂に押し流されないで

最後に、兼好さんが好奇心いっぱいで書きとめておいてくれた、とっておきの話を紹介しよう。徒然草のなかでもとりわけ滑稽な話とされている段である。

まずは原文を読んでみよう。

「奥山《おくやま》に、猫《ねこ》またといふものありて、人を食《くら》ふなる」と人の言ひけるに、「山ならねども、これらにも、猫の経《へ》あがりて、猫またになりて、人とることはあなるものを」と言ふ者ありけるを、何阿弥陀仏《なにあみだぶつ》とかや、連歌《れんが》しける法師の、行願寺《ぎやうぐわんじ》の辺《ほとり》にありけるが聞きて、ひとり歩《あり》かん身は、心すべきことにこそ、と思ひけるころしも、ある所にて夜《よ》ふくるまで連歌して、ただひとり帰りけるに、小川の端《こがははた》にて、音《おと》に聞きし猫また、あやまたず足もとへふと寄り来《き》て、やがてかきつくままに、頸《くび》のほどを食《く》はんとす。――第八十九段

おやおや、「猫また」なるものが登場である。「猫また」とは想像上の怪獣。猫が年をとって、犬のような大きさに化けたもので、人を食うという。ずいぶんとセンテンスの長い文章だが、リズムのとりかたがじつにうまく、的確な、いきいきした描写は人を飽きさせない。

ある人が言った。「奥山に猫またというものがいて、人を食うそうだ」。

すると別の人が言うには、「いや、山でなくても、ここいらにも、猫が年をくって、猫またというものになって、人を食い殺すことがあるということだよ」。

そのやりとりを、何とか阿弥陀仏とかいう名の、連歌をする坊さんで、行願寺の辺に住んでいる人が聞いて、一人歩きをする自分みたいな者はよくよく気をつけなければいけないなあ、と思っていたその折も折、あるところで夜のふけるまで連歌の会を

やって、たった一人で帰ってくる途中に、小川のふちで、噂《うわさ》に聞いていた猫またが、ねらいはずさず、つっと足もとに寄ってきたかと思うと、そのままパッと飛びついて、首のへんに食いつこうとした――。

ふつう坊さんの名といったら、たとえば善阿弥陀仏《ぜんあみだぶつ》とか空《くう》阿弥陀仏とかいって、略して善阿弥とか善阿、空阿弥とか空阿とか呼ばれるのだが、その名を兼好さんは聞き落としたか、わざとぼかしたのか、「何とか阿弥陀仏」と記す。まずこの辺から、ものものしくておかしい。

連歌というのは、二人以上の人が、和歌の上の句と下の句をたがいに詠みあって続けていく形式の歌で、即妙の才が問われる。この坊さんも、賞品がいっぱいつく連歌の会に出て、かせぎの一助にもしていたのだろう。

その何とか阿弥は、猫またの話を聞き、一人歩きの自分は用心しなきゃと、まず警戒し、そのうえ、連歌会の帰りは夜ふけての一人歩き。ましてや、自分の住む行願寺近くの小川沿いの細道はさびしい道。猫またが出たらどうしよう、と心におびえをつのらせる折も折、ねらいはずさず寄ってきたけものは、いきなり首のあたりをねらって飛びかかってきた。何とか阿弥は魂も消えて……。

胆心《きもこころ》も失《う》せて、防がんとするに力もなく、足も立たず、小川へころび入《い》りて、「助けよや、猫また、よやよや」と叫べば、家々《いへいへ》より、松ども灯《とも》して走り寄りて見れば、このわたりに見知れる僧なり。「こは如何《いか》に」とて、川の中より抱《いだ》き起《おこ》したれば、連歌の賭物《かけもの》取りて、扇《あふぎ》、小箱《こばこ》など懐《ふところ》に持ちたりけるも、水に入りぬ。希有《けう》にして助かりたるさまにて、はふはふ家に入りにけり。

正気もなくなって、防ごうにも力が出ず、腰がぬけて足も立たず、小川のなかに転がりこんで「助けてくれぇぇ、猫まただよぉ、ようよう」と叫ぶものだから、まわりの家々から松明《たいまつ》などを灯《とも》して人々が走り寄ってみると、なんと、この辺の顔見知りの坊さんだ。

「これはまあ、いったいどうしたんだ」と川のなかから抱き起こしたところ、連歌の賞品としてもらった扇とか小箱とかを懐に入れていたのも、みーんな水びたし。くだんの坊さんは九死に一生を得て、這《は》うようにしてわが家に帰っていったとさ——。

あやしいけものに飛びつかれて、腰もぬけてへたへたとなり、川に転がりこんだ坊さんの助けを呼ぶ声に、てんでに松明を灯してかけつける近所の人。助け起こせば、こはいかに。顔なじみの坊さん。連歌のごほうびの品も水びたしとは惜しい、惜しい。何とか阿弥の懐までのぞきこんだ筆の芸のこまかいこと。

さて、この話には、ちゃんとオチがついている。

飼ひける犬の、暗けれど主《ぬし》を知りて、飛び付きたりけるとぞ。

坊さんの飼っていた犬が、まっ暗闇のなかにもちゃんと主人の帰りを知って、飛びついてきたんだって！——

まるで落語のような終わりかた。

そして、この話のなかにも、兼好さんのこう言っている声が聞こえはしないか。

「自分の目ではっきりと見、自分の頭でたしかに考えよう。世間の噂などに、何の疑問も持たず、ただ押し流されないで……」という声が。

4 ひとりで生きる

つれづれわぶる人は、
いかなる心ならん。
まぎるるかたなく、ただひとり
あるのみこそよけれ。

兼好さんは、ひとりでいることが大好き。「ひとりぼっちだと退屈だなんて言う人の気が知れない。絶対、ひとりがいい」と言いきります。彼はまた、旅も大好き。「場所はどこでもいい。しばらくの間でも、日常を離れて、旅に出てごらん。目が覚めるような気がするよ」とアドバイスしてくれます。ひとりでいることと、旅に出ること。それは、自立することであり、自分を発見すること。そして、自分の人生を愛することでもあるのです。

ひとりあるのみこそよけれ

兼好さんと私のとくに気が合うところ。それは、ひとりが大好きなところだ。

つれづれわぶる人は、いかなる心ならん。
まぎるるかたなく、ただひとりあるのみこそよけれ。――第七十五段

「ひとりぼっちは退屈でたまらない。つらいなぁ」などと言う人は、いったい、どんな気持ちなんだろう。ほかのことに気が散ることもなく、たったひとりでいることこそ、すばらしいことなのに――。

いまの私の心境にピッタリ！　よくぞ言いきってくださったと、拍手を送りたい。

夫が旅の宿で突然亡くなり、私がひとり暮らしをはじめて、もう十六年が経《た》つ。そして、いま、私はまさに、〝ただひとりあるのみこそよけれ〟を深く味わっている。

まったくさびしくないと言えば、うそになるだろう。じじつ、家のいろいろなとこ

ろに夫の写真を飾っている。

十六年前とおなじ顔の彼に、私はときどき話しかける。

「私はまだ生きているのよ。しかも、楽しく、充実しているわ。見守っていてね」

この〝ただひとりあるのみこそよけれ〟のひと言も、〈若い日のひとり〉と、〈伴侶を失ってからのひとり〉では、その陰翳《いんえい》がちがうのである。こんなことも、歳月を重ねてはじめてわかった発見のひとつである。

私がこの心境で暮らせる理由のひとつは、仕事を持っているからだと思う。

仕事のメインは原稿執筆と講義である。どちらも非常に集中力の要《い》る仕事だ。

たとえば、原稿用紙十五枚くらいの連載エッセイの場合、実際に書く日数は三、四日だが、ペンを執《と》る前の一か月間はいつも考えつづけている。根から木になり、枝が繁り、花が咲くまでというか、思いがふくらみ、熟成されて密度が濃くなるまで、練るのである。そして、頭をしぼり、書きあげて渡すと、すぐにまた次の月の原稿を考えはじめる。つまり、頭のなかが空く時間はまったくないのだ。

それに、講義の日も重なる。私はいま、月に四日から五日の出講日を持っているが、それぞれの前日にはたっぷり予習をする。すべて古典の講義なのだが、若い日に読み、こうだと思いこんでいるところも、年を重ねたいま深く読みこんでみれば、なお新しい発見がある。そんな新しい発見をおみやげに教室に行くのは、わくわくするほどの楽しみである。

〈ひとりの時〉と、〈みんなと一緒の時〉。私は心のスイッチをつけたり消したりする。

私のひとり暮らし

千葉県にある高台の、二階建ての家に、私はいま、ひとりで住んでいる。

小さな家だが、まわりを花咲く木々にかこまれ、淡いラベンダー色に塗られた斜め格子を持つこの家が、私らしくて好きだ。

土地は五十坪。五十八年前に山口市から移ってきたときは、椿《つばき》の木が立っているだけの草ぼうぼうの土地だった。だが、この椿はなかなかの名木で、紅と、紅白しぼりの二種の花がひとつの木に咲く。

椿、桜、夾竹桃《きょうちくとう》、こぶし、木蓮《もくれん》、ばら、秋海棠《しゅうかいどう》、ざくろ……。椿を除いて、みんな亡き夫が植えた木だ。秋には曼珠沙華《まんじゅしゃげ》、冬は水仙、春には、どこから種が運ばれたのだろう、鈴蘭《すずらん》も咲く。

移り住んできて、はじめて建てたのは、六畳と四畳半にキッチンだけの家だった。若い夫婦に、男と女の二人の子ども。家族それぞれの成長進展とともに家も手を加えられ、すこしずつ便利になっていった。そして、十六年前、夫が旅先で倒れて亡くなり、おなじ年に、結婚して埼玉に住んでいた長男が病死した。長女は結婚して近くに住み、ほとんど毎日のようにのぞいてくれる。

私は、まあ、なんと九十歳。自分でもびっくりするような年になった。冬、山小屋風に作った階段をのぼってベッドルームに行けば、南側の窓の外には、名木の椿がびっしりと蕾《つぼみ》をつけている。

毎年、冬になると思う。次の春、この椿の満開の姿に会えるだろうか、と。うれしいことに毎年、こちらの顔も薄紅色に染まるほどの満開の花たちに会えている。

私は旅もひとり旅が多い。八十七歳の年まで、毎年のようにイギリスにひとり旅に出かけていた。

ひとり旅とはいっても、旅先には、たくさんのお友達がいる。彼らと再会するたび、私は彼らにこう言ったものだ。

「毎回、もうこれでお別れかと思って帰るのだけど、こうしてまた、来ることができました」

「ミセス・キヨカワ、それでいいんです。それが人生というものですよ」

どこか楽天的な私は、眠りの天才でもある。ベッドに入れば、「黒ようかんを切ったように」バタンと眠り、夢ひとつ見ぬまっ黒な眠りのあと、パッチリと目を覚ます。朝になると、まぼろしの秘書が起こしてくれる。

「さあ、妙ちゃん、起きましょうね。今日も元気で、いい講義をね」

私は自己管理もなかなかうまいのだ。

食事もほとんど手作り。市販のおかずは好きではない。いい食材をほんのすこし。野菜も肉もお魚も店を選んで買っている。たとえば、日本橋高島屋の日本橋青果で買う、織《ほそ》いいんげん、底にほのかな甘みのあるほうれんそう、チラと苦みのきいたダンディーな茗荷《みょうが》など。ペックという売場のロースハム。奥出雲《おくいずも》から送ってもらう卵……。

私の生きかたの〈楽しみながらすこしずつ〉という信条と、それはどこか似ている。

月に二回、自前の古典教室を持っている山の上ホテルの中華「新北京」や、地元市川市の老舗《しにせ》のお鮨屋《すしや》さん「林屋」など、マイキッチンのようなおなじみの店も、わがひとり暮らしの頼もしい助っ人である。

旅こそ目さむる心地するもの

そうだ。ここで、兼好さんの特筆すべき旅礼賛《らいさん》の言葉を紹介しなければ。

いづくにもあれ、
しばし旅だちたるこそ、目さむる心地《ここち》すれ。——第十五段

場所はどこでもいい。しばらくの間、日常を離れて旅に出ているのは、目の覚めるような、清新な気分が得られるものだ——。

浮きたつような気持ちのそそられる、〈旅のすすめ〉である。

二〇〇九年の十一月の終わり、私は新潟市へ一泊の旅をした。新潟市の「母と女性教職員の会」の集まりに招かれての講演旅行だった。

新潟市ははじめての街である。上越新幹線で二時間あまり。着いたのは昼前だった。

迎えの人に連れられて、私はあるビルの六階のレストランで昼食を取り、その窓側の席から、はじめてその街を見下ろした。彼方に初冬の日本海が広がっていた。海の色は、手前は青緑、向こうは青。その重なりの不思議さ、美しさ。高いビルもあまりないので、空も大きく横に広がり、浮かぶ雲もまた光りながら広がっている。

家々の屋根の茶、深緑、黒、青の色も散らばって、なんだかヨーロッパの田舎の街のような色合い。ビルの真下には、まことに素直に、ゆるやかに信濃川《しなのがわ》が流れ、水べりの草かげに鴨《かも》たちが遊ぶ。その川で獲《と》れる鮭《さけ》がサラダのなかに入っている。

いままで新潟といえば、私にとって地図の上の街でしかなかったのに、現地を訪ね、この目で見るのは、まさに〝目さむる心地〟。そして、その街の姿がひとつのなつかしい絵として、私のなかに定着したのである。

さて、その日の講演の前に、みなさんが新潟国体の歌を合唱なさった。知らない歌だったが、そのなかのこんな歌詞が私の心に響いた。

いくつもいくつも　迷い道乗り越えた
教えられた言葉よりも　信じた夢こそ本当さ
新潟国体・新潟大会イメージソング「ガムシャラな風になれ」より

その日、これこれを話そうという腹案はあった。でも、そのとき、とっさに私は思った。自分の歩いてきたこれまでの道のりを、素直に語ってみようと。

先生がたの集まりなので、私は幼児からのわが父母の育てかた、またわが二人の子の育てかたについて、心熱く語った。

耳の聞こえない男の子の幼い日、積木遊びがとても上手だったので、積木を三箱ばかり買い与えたら、目をみはるほどのこみいったお城のような建物を積みあげた。成長したその子が、城についての研究をするようになったことに言い及んだとき、私の目には、思わず涙がにじみそうになり、立ちすくんだ。

日常、胸深く閉じこめている亡き子への思いも、場所を変え、日常から離れるとき、思いがけなく、突然出てくるものだと知った。

これもまた、旅がもたらす〈目さむる心地〉なのかと、そのとき知ったのだった。

いくつになっても心で旅立つ

旅というのは、ただ離れた土地に移動するということだけではない。

本を読む。映画を観《み》る。芝居を観る。音楽を聴きに行く。博物館に行く。心を動かし、出かけていくこれらのことは、大きくいえば、みんな〈日常のなかの旅〉である。

新潟から帰った日の翌日、私はまた、〈旅〉をした。

銀座で、知人とランチをとっていたときのこと。歌舞伎通の知人がふと口にした。

「いま花形歌舞伎が、新橋演舞場で『鬼揃紅葉狩《おにぞろいもみじがり》』をやってますよ。若手が皆、芸を競いあって、じつに見応《みごた》えがありますよ。残念ながら今日が千秋楽なんですけどね」

ぜひ観たい。でも今日まででは……。待てよ。一人分の席なら、当日売りの切符が取れるかもしれない。ここのところ忙しくて、芝居もずいぶん観ていない。心が動いた。演舞場は、食事の場所から目と鼻のところだし。

「行ってみますわ」と、私は即座に言った。

これも、兼好さんが私につよい口調で言い聞かせ、私もまた暮らしの折ふしに思い出している言葉の影響である。


何《なん》ぞ、ただ今《いま》の一念《いちねん》において、ただちにする事《こと》の甚《はなは》だかたき。――第九十二段目の前の一瞬の思いをすぐさま実行することは、どうしてこんなにむつかしいのか。すぐに実行するべきなのに——。

兼好さんの教えのとおり、私は劇場へと直行した。すると、なんと一等席の前から十列目、しかも花道の近くの席が一つだけ残っていた。伝統の型を守りながらも、個性の彫りを深めようとひたむきに演じる亀治郎、菊之助、松緑《しょうろく》……、しかも能《のう》仕立てで、たいへんユニークな趣向の演出は、〝目さむる心地〟を味わうのに充分だった。

その次の日も、また私は〈旅〉に出た。上野の東京国立博物館に行き、藤原行成《ふじわらのゆきなり》の書に会う旅である。

長い行列に加わって三十分ほど、ようやく入場できると、私は目的の場所に直行した。はじめてこの目で見る能書三蹟《のうしょさんせき》の一人、行成の直筆。胸には、こみあげてくるものがあった。

流麗などと、ひと言では言い足りない、ふくらみと張りのある、そして、やわらかな、品のいい甘さを持つその字。

「行成さん。あなたの字はなんと魅力的なんでしょう」

動く人ごみのなかに、私は長い間立ちどまり、その書を見つづけた。しかもその書の内容は、なんと『枕草子』のヒロイン皇后定子《ていし》の忘れ形見、敦康《あつやす》親王が父君の一条天皇にはじめて対面される儀《ぎ》の、当日のご装束《しょうぞく》についての、行成の控え書なのである。「御装束一襲《ひとかさね》　赤苞御袍一領　蘇枋御下襲一領　表御袴一腰」とある。当時、親王はまだ五歳ばかりの幼児でいらしたはずである。

枕草子を深く読みこんでいればこそ、この行成の書も臨場感を持って立ち上ってくる。行成といえば、清少納言の親友。そうそう、枕草子にある「夜をこめて鶏《とり》のそら音《ね》にはかるとも世に逢坂《あふさか》の関《せき》はゆるさじ」というあの歌も、清少納言から行成へ贈られた、いたずらっぽい歌だった……。

枕草子の一節を思い出した私は、ここでも千年の時を越えて旅をした思いを持った。読書を通じて得た、連想という〈旅〉を。

誰しも年をとってくれば、足腰も弱ってくるだろう。気力も、ともすれば萎《な》えそうにもなるだろう。

しかし、〈目さむる心地〉する旅をもとめる心に蓋《ふた》をする必要はない。知的好奇心を動力に、本という乗り物を使って、映画という乗り物を使って、時を越え、所を越えて、心は〈旅〉をするのである。

人生の制限時間まで走りつづけたい

ここで、もう一つ。私が心のよりどころにしている兼好さんの言葉をお伝えしよう。

しな・かたちこそ生まれつきたらめ、
心はなどか、賢《かしこ》きより賢きにも、移さば移らざらん。——第一段

〝しな〟とは家柄とか門閥《もんばつ》のこと。〝かたち〟は容貌《ようぼう》のこと。

家柄とか容貌は生まれつきのものだから、どうにも変えられない。しかし心は、賢いうえにも賢いほうに移そうと思いさえすれば、どうして移せないことがあろうか。

心は、努力次第でいくらでも磨くことができるのだよ——。

娘時代にこの言葉に出会ったときは、うれしかった。普通の家に生まれ、美人でもない私。でも、親の愛情と読書好きの心には恵まれて育った。うんと読書し、勉強もして、きれいな心の賢い子になろう。そう思って生きてきた。〈心は賢きより賢きに〉

移すことができる、というのも、兼好さん譲りの私の持論である。

二〇〇九年のこと、私ははじめて江戸文化歴史検定を受けた。受検日の一か月半ほど前、ある編集者からその検定のことを聞いた私は、興味もわいたし、勉強すればもしかしたら受かるかな、とも思った。すぐに検定用テキストを送ってもらい、過去の問題集も注文。一級から三級まであるなか、私が受けたのは、もちろん三級である。

にわか仕立ての受検勉強がはじまったのだが、執筆や講義の時間を割《さ》くわけにはいかず、頼みとなるのは、すきま時間である。日課の足湯の十五分間は、かならずテキストを読むことにした。電車の中、診察やレストランの待ち時間、美容院の椅子の上、夜眠る前……。私は、けちんぼうのごとく、小さな時間を受検勉強にあてた。

試験当日、会場はお茶の水の明治大学の教室。全百問、制限時間は九十分。各問は四択の問題で、七十点取れれば合格である。限られた時間のなかで自分を試すことは、久しぶりに味わうスリリングな快感だった。試験後に自己採点してみると八十六点取れていた。ほっとした。まぐれあたり、うっかりミス、それぞれいくつかあったが、差し引きすれば同点。本物の実力が要るのだなと、あらためて思った。なんだか人生検定みたいだな、とも思った。

師走の頃、電話が鳴り、最高齢での検定合格。江戸東京博物館で表彰も受けた。

そして昨年のこと。私は次の二級を受け、合格した。また最高齢での合格だという。自分でも忘れている年のことを意識させられてしまうのが、すこし残念だ。

そしていま、私は今秋、いよいよ一級を受けようと、またまた読書の長い旅に出ている。中央公論社の『日本の歴史』を、もう一度ていねいに読み辿《たど》っているのだ。

本を開けば、いたるところに、亡き息子が線を引いた箇所や書きこみに出合う。

幼い日の積木の城から、城の研究へと辿りついた息子は、ろう学校から早稲田大学に進み、日本史を学んだ。四十九歳で亡くなった彼が充実したいい人生を持ち得たことを、この本を開いて、私はあらためて実感した。

「お母さん、これが出そうだよ」。線を引いた言葉から、こんなささやきが聞こえる。

私のひとり暮らしの日々は、兼好さんの明快で聡明な言葉に支えられて、いまのところ、快適に運ばれていっている。

人生の制限時間はいつまでか、それは運命の神のみぞ知る。

だが、制限時間いっぱいに快い緊張を持ちつづけることができれば、私の人生はしあわせなのだ、と、いつも思っている。

5 ものの言いかた、人とのつきあいかた

よき人の物語するは、
人あまたあれど、一人に向きていふを、
おのづから人も聞くにこそあれ。

兼好さんはけっこう、人間を分類するのが大好き。「よき人」「つぎざまの人」「よからぬ人」と、人となりを三つに仕分けてしまいます。彼の理想のタイプ「よき人」は、教養があり、品のいい人。心の抑制がきき、バランスがとれて、センスもいい人。ではそういう人をどこで見分けるのかというと、これが、「話しかた」や「ものの伝えかた」なのです。人と人とのコミュニケーションは、言葉の選びかたひとつ。じつに言い得ていると思いませんか?

人づきあいにあってほしい、心ざま

まず、ある女の人の小さな行ないについての、心が和《なご》むような、いいお話からはじめよう。「久しくおとづれぬころ……」とはじまる第三十六段の話である。

男は女のもとをずいぶん長い間訪問しないでいた。どんなに私のことを怨《うら》んでいるだろうと思うと、自分の御無沙汰《ごぶさた》が後悔され、なんと弁解したらいいか、言葉も見当たらないような気がして、敷居も高くなるばかりだった。そんな心でいる折に、女のほうから文使いが来た。なんだろう。何かいやみでも言ってきたのかな。男はドキドキした。こわごわ開けてみると、こんな短い言葉が。

「あなたのところに、力仕事をする下男がいるかしら。ひとり、貸して」

男は思った。おっ、うまいこと来たな。なんてしゃれた女。こんな女はめったにいない。いい性格だなぁ。

——と、ここまでは、兼好さんがその男から聞いた話なのだ。兼好さんも大きくうなずいた。もっともだ。自分もほんとうにそう思う、と。

では、原文を読んでみよう。例によって、声に出して。ストーリーが頭に入っていれば、原文でもおおよその意味はつかめるはずだ。

「久《ひさ》しくおとづれぬころ、いかばかり恨《うら》むらんと、わが怠《おこた》り思ひ知られて、言葉なき心地《ここち》するに、女のかたより、『仕丁《じちやう》やある、ひとり』など言ひおこせたるこそ、ありがたくうれしけれ。さる心ざましたる人ぞよき」と、人の申し侍《はべ》りし、さもあるべき事なり。——第三十六段

仕丁とは、ここでは、貴族の家などで雑用に使われた下男をいう。

「さる心ざましたる人ぞよき」とは、その女の行ないに寄せる男の心からのほめ言葉である。〈心ざま〉を『日本国語大辞典』で引いてみると、「気だて、性格、心ばせ」と出ていた。〈心ばせ〉をまた引いてみると、「心を馳《は》せる意か」とあり、性格や性質にもとづく心のはたらき、人柄を示すような心の動き、と出ていた。想像力ゆたかに、相手の心のほうに自分の心を走らせていくかしこさをいうのだろう。

そういえば〈心ばえ〉という言葉もあるなあ、と思い、ついでに辞書にあたってみ

ると、これは「心延《ば》え」であって、心に思っていることを繰り延べて、外に及ぼすことと出ていた。相手の心に届けよと、わが心をそちらに向かって延ばしていくことであろう。

〈心ざま〉〈心ばせ〉〈心ばえ〉——。どの言葉にも共通することは、相手がいるということ。つまり、相手と自分との人づきあいのなかで、はじめて生きてくる言葉なのだ。このように、人づきあいにおける心のありようを、日本語は、驚くほどのこまやかさと多彩さで表現していることに気づかされる。

おまけに徒然草のこの段は、兼好さんの女ごころへの分析までもがこまやかで、女の人の心のやわらかさ、かしこさ、かわいさを微細《びさい》に汲《く》みとっていることにも注目していただきたい。

この男と女は恋仲なのだ。だが、男は訪問も手紙もサボっている。あまりにサボりすぎてしまって、いまさら、どう行動すればよいのか、わからなくなっている。女のほうからも何も言ってこない。男は思った。彼女も意地をはっているのだろうな、と。

ところが！　来た手紙は案に相違して、「下男を貸して」だったのだ。

意地をはらないどころか、むしろ、すこし下手に出て男の顔も立てている。すねたり、ごねたりしないで、ちょっと甘えてみせてさえいる。聡明さの持つ余裕だ。

読みの深い読者なら、「仕丁やある、ひとり」というこの文は、じつは恋文なのだ、と悟られるだろう。免罪符を与えられた男は、いそいそと、ふたたび女のもとに通っていったにちがいない。

親しき仲にも礼儀あり

続く第三十七段もまた、人づきあいのなかにほしい〈心ざま〉についての話である。ここは、まず原文から読んでみることにしよう。

朝夕《あさゆふ》へだてなく馴《な》れたる人の、ともある時、我《われ》に心おき、ひきつくろへるさまに見ゆるこそ、「今さらかくやは」など言ふ人もありぬべけれど、なほ、げにげにしく、よき人かなとぞ覚《おぼ》ゆる。うとき人の、うちとけたる事など言ひたる、また、よしと思ひつきぬべし。――第三十七段日頃うちとけて馴れ親しんでいる人が、ふとしたとき、自分に遠慮して、改まったようすに見えるのは、「いまさら、そんな遠慮なんかしなくても」なんて言う人もいるだろうが、でも、やはり、真面目《まじめ》でまごころが感じられて、教養のある品のいい人だと思われる。また、その反対に、日頃あまり親しくない人が、うちとけたことなど言うのは、それもまたいいなあ、と魅力を感じるものである――。

この段は二種類の人について語られている。最初は馴れ親しんでいる人の話。次は親しくない人。正反対の人である。

最初は「親しき仲にも礼儀あり」ときながら、次は「うとい人とも、時にはうちとけて」とくる、そのネジレ現象がおもしろいのだ。

いくら馴れ親しんだ長年の友達でも、何かの節目には、改まって礼儀正しくありたい。慣れっこになってイージーになり、いつもゆるみっ放しのつきあいかたは、いただけない。しかるべきときには、ピシッとして、尊敬をあらわすのが、〈よき人〉の条件だよ、と兼好さんは言うのである。

〈よき人〉とは、「人のいい人」ではなく、「教養のある、品のいい人」である。徒然草の〈よき人〉観を総合していえば、心の抑制がきき、バランスがとれていて、ゆとりがあり、センスのいい人。こんな人になるのは非常にむつかしいと思うが、これが兼好さんの理想のタイプである。

私にも、しあわせなことに、〈よき人〉の見本のような友達がいた。奈良女高師の同級生であった井上宣子《のぶこ》さん。いた、と過去形で書くのは、すでに彼女はあの世の人だからである。

在学時代から、〝朝夕へだてなく馴れ〟親しみ、友情は六十年間続いた。たがいに波長が合い、心の底をうち明けることができた。二人の間を繋《つな》ぐものは、おもに手紙だった。電話や訪問で相手の時間を奪いたくなかったからだ。

彼女からの手紙を、私は一通も捨てずに保存している。過ぎ去った日のなつかしさに、時折、そのいくつかを取り出して読むことがある。そして、今日も、次のような葉書の文面に涙ぐみそうになった。いまから十年以上前の夏の日の便りである。

「連日の暑さですが、お元気のことと存じます。御新著、一気呵成《いっきかせい》に読了いたしました。涙を流しながら。

苛酷《かこく》な試練をのりこえて、またひとまわりあなたは人生の達人になりました。もともと賢いから、思考の持っていきかたがすばらしいからでしょうけれど――私はすっかり感動し、何と頼もしい友人を持ったことだろうと、身の幸せをかみしめました。胸をはりたい思い。そして、長い長いあなたとの交流をふりかえりました。しみじみありがたく思います。

加齢とともに、あなたのエッセイはみずみずしく深く広く心を打つようになりました。健康に十分気をつけられて、またまた私どもを励ましてください。近くの友人が夫を亡くしたばかりなので読ませてあげたいと思ってます。（後略）」

葉書の裏と表半分に、流麗な字でこまやかに書かれたこの手紙は、私への愛にあふれ、一抹《いちまつ》の妬《ねた》み心もなく、心をつくして私を励ましてくれている。なんとみごとな手紙であろう。〝苛酷な試練をのりこえて〟とは、私が夫と息子を続けて亡くし、自分も胃の手術をした、三つの難儀を持ったことを言っている。

井上さんの心が曇りない真実に充《み》ち、他人を容《い》れる容量がゆたかだからこそ、これだけの手紙が書けるのである。私のほうこそ、なんと頼もしい友人を持ったことか。その身のしあわせをあらためて噛《か》みしめている。

折目切り目に、彼女はいつも改まり、ふだん着ではない、晴れのお祝い状をくれたものだ。〝げにげにしく、よき人〟とは、そんな、心に真情をたたえた教養人をいうのである。

さて、〝うとき人の、うちとけたる事など言ひたる〟には、微笑《ほほえ》ましい小さな思い出がある。

いまから四十年前、私が、とある雑誌のフリーライターであった頃のことである。当時は名作ダイジェスト、映画紹介、生活エッセイ、食べ歩き、なんでも書いていた。いわば仕込みの時ともいうべき時代だった。

編集部の隅に若い男性編集者が静かにすわっていた。顔が合えばあいさつする程度の、〝うとき人〟であった。

その彼から、思いがけず年賀状をもらった。「あら！」と思った。

文面には、印刷された「謹賀新年、今年もよろしくお願い申しあげます」。それに添えられたのは、小さなペン字で、たった一行。

「清川さんの文章が好きです」

目はその文字に吸いつけられた。その人の好意が胸のなかにひたひたと広がっていった。まもなく私はほかの雑誌に書くようになり、その編集部とは縁が切れた。いまは、その若い人のお名前も忘れてしまった。

でも、その一行を見たときの好ましさ、うれしさは忘れることができない。

話しかたに人の品格があらわれる

次は第五十六段。人と話をするときの兼好さんの見解である。話しかたを通して、彼は、「よき人」と「そうでない人」とを、鋭敏にかぎ分ける。

まず、話しかたについての序論はこうである。

長い間離れていて久しぶりで会った人が、自分の身の回りのことばかり、あれもこれもとせわしなく、全部しゃべりつづけるのは、興ざめすることだ。いくら馴れ親しんでいる人でも、しばらく経《た》って会うときは、なんとなく遠慮がちでいることもあってもいいはずだ。そのほうが奥ゆかしいというものだ——と。

例の〝親しき仲にも礼儀あり〟という持論を、彼はここでも繰り返している。すこし抑え気味の、ほのぼのとした人間関係が、兼好さんは大好きなのである。

話しかたによって、彼は人間を三つのランクに分ける。まず真ん中のランクの人の話からはじまる。ここからは原文で紹介しよう。

つぎざまの人は、あからさまに立《た》ち出《い》でても、今日《けふ》ありつる事とて、息もつぎあへず語り興ずるぞかし。——第五十六段

〝つぎざまの人〟とは、教養や品が「よき人」より劣っている人、二流の人といったらぴったりだろうか。

二流の人は、ついちょっと外に出かけても今日見聞した出来事を、息つくひまもなくペラペラとおもしろおかしくしゃべりまくるものだ——。

たしかに、見聞きした出来事や出会った人について、笑い声もしきりにたてて、とめどなく話す人がいるものだ。〝息もつぎあへず語り興ずるぞかし〟というところの語気には、「やれやれ、ついていけないなあ」という兼好のため息が聞こえてくる。

続いて、最上位のランクに位置づけられる「よき人」の場合はどうだろうか。

よき人の物語するは、人あまたあれど、一人《ひとり》に向きていふを、おのづから人も聞くにこそあれ。

「よき人」とは、ご存じ、教養あり、品もある人。

兼好さんが理想的だとするこのタイプの人は、たとえ、人がたくさんいるなかで話す場合でも、そのなかの一人に向いて静かに話しかける。すると、ほかの人たちも自然に傾聴するものなのである――。

このくだりに、私はいつも「ご卓説」と感心する。私も講演をするときにはまず、目を輝かして、こちらを見ている人を壇上から発見し、その人に向かって話しはじめるようにしている。そうすると、集中力のある、好感度の高い話ができるのである。

最後は最低ランクの人、「よき人」の対極にある「よからぬ人」――つまり、教養もなく、品もない人の話しかたである。

よからぬ人は、誰ともなく、あまたの中にうち出でて、見ることのやうに語りなせば、皆《みな》おなじく笑ひののしる、いとらうがはし。

無教養で下品な人の話しかたは、誰にというのではなく、大勢の人のなかに身をのり出して、どんな話にせよ、まるで自分が見てきたことのように（たぶんジェスチャーたっぷりで）しゃべり続けるものだから、聞いている者もおなじように大笑いしながら騒ぎたてる。なんとも騒々しいことよ――。

そこにはすでに抑制はなく、興奮と自己陶酔があるだけである。思いあたる人も多いことだろう。兼好さんのいう理想の人への道は、なかなか遠いのだ。

しかし、彼の言いたいことはきっと、こうなのだ。人と人とのつきあいの基本は、一対一で、相手の目をしっかり見て、その人の心を受け容《い》れ、自分の心もひらいて、誠実な言葉で、誠心誠意、話すこと、だと。それをうまくいかせるコツが、「親しき仲にも礼儀あり」「疎き仲にも親しみあり」なのだよ、と。

それを積み重ねていけば、のちに語る〈おなじ心の友〉とも出会えるのだと、私は信じている。

6 ものの学びかた、習いかた

天下の物の上手といへども、始めは、
不堪の聞こえもあり、無下の瑕瑾もありき。

何かを思い立って習いはじめても、最初はなかなかうまくいかないもの。人に知られたり、見られたりするのも恥ずかしい。こっそりと練習し、上手になってから人前で披露して、あっと言わせようと思う人も多いことでしょう。しかし兼好さんは断言します。それは大まちがいだと。未熟を恐れず、平気で人前でやってみせ、ひたすらに習いつづける、その根性こそ、上達の決め手。たとえ生まれつきの天分がなくても、そんな努力を続けた人こそ衆人に勝つのだ、と、彼は心熱く語ります。

何かを身につけるには

あなたはいま、何かを学んだり、習ったりしているだろうか。古典文学でも、英会話でも、歌でも、ピアノでも、あるいは手芸でも、どんな趣味でもいい。

そして、ものを学んだり、習ったりしているあなたは、こんなふうに考えてはいないだろうか――未熟な芸や才を人前で披露するのは恥ずかしい。かげでこっそり充分に練習し、うまくなってから、人をあっと驚かそう、と。そうすれば、「まあ、あなたにこんな隠し芸があるなんて」と、人は感心するだろう、と。

その気持ちわかる、とうなずく人は多いと思う、これが普通の人の考えかただから。

だが、兼好さんは、こう言う。ここは、最初から原文に挑戦していただこう。

能《のう》をつかんとする人、「よくせざらんほどは、なまじひに人に知られじ。うちうちよく習ひ得《え》てさし出《い》でたらんこそ、いと心にくからめ」と、常《つね》に言ふめれど、かくいふ人、一芸《いちげい》も習ひ得《う》ることなし。――第百五十段

〝能をつかんとする人〟とは「芸能を身につけようとする人」という意味。〝なまじひに〟は「なまじっか」で、〝いと心にくからめ〟は「たいへん奥ゆかしいだろう」という意味である。ていねいに内容を辿《たど》りながら、訳してみよう。

なにかの芸能を身につけようとする人は、きまって、「うまくできないうちは、なまじっか人に知られまい。こっそりと、きっちり練習し、上手になってから、人前でやってみるのこそ、たいへん奥ゆかしく教養深く見えることだろう」と言うようだが、こんなことを言っているうちは、一つの芸だって習得することはできない――。

昔も今も、ほんとうに人の考えかたというのは変わらない。〝一芸も習ひ得ることなし〟と言いきる背後には、そんな考えでは駄目、駄目、と、顔をしかめながら首を横に振っている兼好さんの姿が目に浮かぶ。

では、どうしなさい、と、彼は言うのだろうか。そのアドバイスを聞いてみよう。

いまだ堅固《けんご》かたほなるより、上手《じやうず》の中に交《まじ》りて、毀《そし》り笑はるるにも恥《は》ぢず、つれなく過ぎて嗜《たしな》む人、天性《てんせい》、その骨《こつ》なけれども、道《みち》になづまず、みだりにせずして年《とし》を送れば、堪能《かんのう》の嗜まざるよりは、終《つひ》に上手の位《くらゐ》に至《いた》り、徳《とく》たけ、人に許されて、双《ならび》なき名を得《う》る事なり。

むつかしい言葉が並ぶが、語釈を頼りに意味を辿ってみてほしい。〝堅固かたほ〟は「まったく未熟」。〝つれなく〟は「平気な顔で」。〝骨〟が「勘を会得する能力」なら、〝堪能〟は「その道のすぐれた能力」をいう。〝なづまず〟は「停滞しないこと」で、〝嗜む〟とは「心がけて励むこと」である。

訳してみると、次のような意味になる。

まだまだまったく未熟なうちから、ベテランのなかに交じって、悪口を言われようが、バカにされようが、平気な顔でやり過ごして、懸命に練習に励む人。そんな人は、生まれつきの勘のよさはなくても、途中で迷ったり勝手気ままなことをしたりしないで、一途に習いつづけるならば、生まれつき天分がありながら芸にうちこまない者より、かならず勝《まさ》るのだ。

そして、最後には、名人と呼ばれる境地となり、人格もおのずと備わり、世間からも認められて、天下無双《てんかむそう》という大評判までも得るものだ——。

最後は、こんな感慨で結ばれる。

天下《てんか》の物《もの》の上手といへども、始めは、不堪《ふかん》の聞こえもあり、無下《むげ》の瑕瑾《かきん》もありき。されども、その人、道のおきて正しく、これを重くして放埒《はうらつ》せざれば、世の博士《はかせ》にて、万人《ばんにん》の師《し》となる事、諸道かはるべからず。

天下に聞こえた名人であっても、はじめのうちは、芸が拙《つたな》いと不評であったり、お話にならないような大恥もかくものだ。しかし、その人が道の戒めをかたく守り、勝手気ままにいい加減なことをせずに努力していけば、ついには世の権威となり、人々のお手本になるという、これは、どの道においてもおなじことである——。

この第百五十段は、兼好さんの心がピシッと通り、りんとした背骨を持った、格調高い文章である。声を出して、二度も三度も読んで、名文の味を心に沁《し》みこませていただきたい。

人の思惑を気にせず学ぶ

私は、古典文学やエッセイの教室を、朝日カルチャーセンター新宿教室や山の上ホテルや横浜高島屋などで、ずっと持ちつづけている。その受講者のなかには、まさに兼好さんの言うことの〈生き見本〉になり得る人たちがずいぶんたくさんいる。

そのなかの一人、鈴村康江さんに登場していただこう。彼女は私とおない年で、今年、九十歳を迎える。

いまから二十年前、私のエッセイ教室にはじめて出席されたときのことである。彼女は自己紹介のはじめに、堂々とこうおっしゃった。

「私は今年、七十歳になりますが、亡き夫の追悼文集を作るために、文章の書きかたを勉強しようと、この教室に入りました」

えっ、七十歳！　私は目をみはった。目鼻立ちも姿も服装も美しいが、まっすぐこちらを向いて、学ぶ意志を語る言葉もひたすらに、「七十歳ですが」もさわやかだ。

おない年の私も思わず、

「すばらしいですね。私も負けてはいられません。よろしく」

その日から、はや二十年が経《た》つ。鈴村さんはエッセイ教室だけでなく、私のほかの教室――『万葉集』や『枕草子』などの教室もすべてかけ持ちし、二子玉川や横浜にまでも足をのばして出席してくださった。その間、駅のホームで転倒して、背中を打ち、杖《つえ》をつきながら通われたこともあった。

「朝起きたとき痛みますので、ゆっくりと支度してまいります。遅刻をお許しくださ
い」

と言われたこともあったが、遅刻こそしても、けっして休むことはなかった。

その鈴村さんから、「この頃、ボイス・トレーニングを習いはじめましたのよ」と聞いたのは、三年前の暮れのことだった。なんでも、姪御《めいご》さんのご主人が、劇団四季の『キャッツ』にも出演されている声楽家で、そのかたにじきじきについて習われているというお話であった。

昨年の夏のある日、山の上ホテルでの『万葉集』の講義を終えたときだった。本にサインしたり、質問に答えたりしている私のまわりには、まだ十人ほどの人たちが残っていて、鈴村さんの顔もそのなかにあった。

私はふと愉《たの》しいことを思いついて、彼女に声をかけた。

「鈴村さん、何か歌ってみてくださらない？　ボイス・トレーニングの成果を聴きたいわ」

ちょっとはにかむような顔をして、だが、その後、鈴村さんはこう言った。

「下手ですけど、歌ってみましょうか」

なんだか自分が歌うような気さえして胸はずんだ私は、残っていた人たちに言った。

「鈴村さんが歌ってくださるんですって。みんなで聴きましょうよ」

椅子にすわる鈴村さんのまわりに、みなは輪を作った。

彼女は「なないろのたにを……」と歌いはじめた。繊《ほそ》く澄んだ声。ボイス・トレーニングが功を奏して、声がおなかから出ているのがよくわかる。正しい発声法に忠実に、と彼女が自分のからだに言い聞かせていることもよくわかる。

「『花の街』という歌よ。いい歌でしょう。大好きなの」歌い終わって彼女は言った。

「すてき！ ありがとうございます」皆は笑顔で拍手した。心がやわらかに溶けあった。

私は思った。なんて、まっすぐで素直な心だろう。歌ってみて、と言われて、グジグジためらったりせず、人の批評なども気にせず、すぐに、そのときのありのままの自分を出すことのできる、その好ましさ。これこそ、兼好さんの言う〝つれなく過ぎて嗜む人〟——〈人の思惑《おもわく》など気にせず、練習に励む人〉なのだ。

「下手ですけど、歌ってみましょうか」という言葉は、言えそうでいて、なかなか言えない。そういえば、はじめて教室にいらしたときの、「私は今年、七十歳になりますが……」も、まっすぐで素直な言葉だった。

〈まっすぐで素直な心〉——これこそ、ものを学び、習う人の持つべき美徳ではないか。兼好さんが言うのも、まさにこの思いなのだ。

生まれ持った才は問わない。ひたすら、素直に、前向きに、まじめに、そしてなにより大事なのは、続けること。これが、なんの道においても、成就《じょうじゅ》のコツだ。

私が、いつも教室の人たちに言う言葉がある。

「教室におおぜい人がいても、ものを習うときは、私と一対一だと思ってください。他の人は意識からかき消して、自分ひとりが私と向きあっていると、イメージしてください。そして、私が何か感想を訊《き》いたり、質問したりしたときは、すぐに素直に、ためらったり、恥ずかしがったりしないで、思ったところを答えてください。個人レッスンだと思うのです。人が笑おうが、どう思おうが、よけいなことは考えないで、パッと頭に浮かんだことを素直に答えてください。恥をかいたり、自分で自分の考えを修正したりして、人は伸びていくのですから」

これは、五十三歳で英語を習いはじめたときの私自身を思い出しての言葉でもある。

道《みち》の人、非家《ひか》の人

もうすこし、学びかた、習いかたについて、つっこんで考えてみよう。

第百八十七段には、〈道《みち》の人〉と〈非家《ひか》の人〉との違いを、非常にきびしい目で選び分けている言葉がある。〈道の人〉とは専門家《プロフエツシヨナル》、〈非家の人〉は素人《アマチユア》である。

プロとアマの違いについて、兼好さんは言う。

どんな道のプロでも、たとえその技が不器用であっても、器用なアマとくらべると、かならずプロが勝つ。それはなぜか。プロはけっして油断せず、いつもこまかく注意をはらい、いい加減なことをしないから。アマは、プロのような責任がなく自由なぶん、気を抜いて、自分の好き勝手におこなう。その違いが勝負を決めるのだ——と。

よろづの道の人、たとひ不堪《ふかん》なりといへども、堪能《かんのう》の非家《ひか》の人にならぶ時、必ずまさる事は、たゆみなく慎《つつし》みて軽々《かろがろ》しくせぬと、ひとへに自由なるとの、等《ひと》しからぬなり。——第百八十七段

〝たゆみなく慎みて軽々しくせぬ〟プロは、自分自身に非常にきびしい。もうこれでいい、と安易に自分を許さない。いつも自分に不満である。一生、自分を律しているのがプロ。だからこそ伸びる。いい仕事ができる。

〝ひとへに自由なる〟アマは、上手になると、天狗《てんぐ》になって気をゆるめる。ギリギリまで自分を追いつめたりしない。差は、ここで生まれるのだ。

学びかたについてだけではない、ふだんおこなっている仕事、なにげない家事のひとつひとつに、その意識の差が出たりはしていないか。

最近、私は仕事のために、堀辰雄《ほりたつお》の『大和路《やまとじ》』という小品を読みつづけていた。そのなかに、彼自身のこんな述懐があるのを見つけて、感慨にうたれた。

「ゆうべは少し寝られなかった。そうして、寝られぬまま、仕事のことを考えているうちに、だんだんいくじがなくなってしまった」

「もうすこし僕は自分の土台をちゃんとしておかなくては」

「まだまだ駄目なことが、いまこうやってその仕事に実地にぶつかってみて、はっきり分ったというものだ。（中略）いさぎよく引っ返して勉強し直してきた方がいい」

東大国文科に学び、日本の古典を深く読みこみ、ラディゲやプルーストやリルケなどの思想を自分の作品に溶かしこみ、あれほど美しい日本語を書き、もはや作家としての名声を充分に得ているこの人でも、「勉強し直さなくては、まだまだ駄目」と言っていることに私は驚き、共感と尊敬を覚えて胸が熱くなった。

真の〈道の人〉は、〝たゆみなく慎みて軽々しくせぬ〟ものなのだ。兼好さんの言葉を、遠く時代を隔てて、堀辰雄は実証していた。

私も〈道の人〉を目指す者のひとりとして、文章について、感じていることがある。ひとつひとつの言葉をとことん吟味し、ここにはこの言葉しかない、というほどのギリギリの選択をして、原稿用紙に心を刻みつけるように書かれた文章は、たとえば極上の炊きかたをされたごはんのように、粒が立って光って見える。イージーに書き流されたり、打ち流された文章は、活字がみんな寝ているように、私には見える。

ひとつのなつかしい思い出がある。

ある日、私は岩波新書の『新唐詩選』の見開きの二ページをコピーしていた。吉川幸次郎先生が李白《りはく》の詩を解説しておられるページであった。スイッチを押すと、コピーは左側から上を向いてすべり出た。

すこし高い位置から見下ろすそのページ。私ははっとした。なんと清らかに澄みきった活字の並び。それは『玉階の怨《ぎょっかいのうらみ》』と題する秋の詩の解説だったが、上からちらと見るだけで、露の冷たさ、月の明るさ、水晶の簾《すだれ》のきらめきも見え、しかも、そこはかとなく、憂愁《ゆうしゅう》のけはいも滲《にじ》んでいた。瞬間に読みとった文章のなかに、たちのぼるかに思えた名文の香気《こうき》をかぎとれたことが、うれしかった。

吉川幸次郎先生といえば、中国文学の第一人者であることは、すでに知っていた。だが、私はまだそのとき、そのご著作をあまり読んではいなかった。すぐに手持ちの『日本文学小辞典』（新潮社）を引いてみた。

「ひたすら言葉の美とその意義の変遷を通して文学史、精神史を解明」し、「その詩人的才能を生かして多くの翻訳、紹介の筆をとり」とあるその解説に、私は納得した。

言葉の美を追求した、詩人的才能のあるかたの手に成る文章なのだ。〈道の人〉として、ひたすら研鑽《けんさん》を積み重ね、驚嘆するほどの広く深い知識を持つ人が、集中力をこめて書いた文章は、光と色と香りさえ放つ。

これぞ兼好さんの言う、〝世の博士にて、万人の師となる〟人のプロ魂が、そこに光っていたのかもしれない。

7 人の心は、おだやかで、素直がいい

あまりに興あらんとする事は、
必ずあいなきものなり。

わざとらしい演出をしておもしろおかしくするよりは、おだやかで素直なほうがいいよ、と、兼好さんは言います。あまりにもおもしろく仕立てようとすれば、かえってつまらなくなる、とも言いきります。贈りものでも、それはおなじ。慣習として儀礼的に贈るのでなく、贈りたくなったとき、ふっと贈る。そんな贈りかたこそ、心から出た好意というもの。兼好さんの提唱は、私たちの暮らしにもおおいに役立ちそうです。

奇をてらいすぎるのも考えもの

徒然草を、こまやかな目で、もう一度丹念に読み返してみると、兼好さんが人の心に〈素直さ〉を求めている言葉や思いに、たびたび触れる。素直という言葉がキーワードとして使われている段もいくつかある。

素直が一番。このことは兼好さんの心の底にいつもあった、大切な思いだったのだ。

素直な心と対照的なのは、飾る心、奇をてらう心、演出を計る心といえるだろう。

そこで、素直な心を逸脱して、やりすぎたばかりに失策をおかしてしまった人のお話を二つ続けて紹介しよう。第五十三段と第五十四段である。

失策の主は、二話いずれも仁和寺《にんなじ》の法師である。仁和寺とは、真言宗御室《おむろ》派の大本山。御室ともいう。兼好さんが庵《いおり》を結んだ双《ならび》が丘《おか》のごく近くにあり、寺には友達もいた。その友達から彼は、これらのおもしろいニュースを仕入れたのかもしれない。

まずは、有名な「鼎《かなえ》かぶり」の話である。

語り出しに〝これも仁和寺の法師〟とあるのは、このひとつ前の第五十二段に、石《いわ》清水八幡宮《しみずはちまんぐう》に詣《まい》ろうと思い立った仁和寺の僧が、本物の八幡宮を訪れることなく帰ってしまった失敗談が載るからである。これについては、一二八ページに取りあげた。

では、第五十三段を読んでみよう。

> これも仁和寺《にんなじ》の法師、童《わらは》の法師にならんとする名残《なごり》とて、おのおのあそぶ事ありけるに、酔《ゑ》ひて興《きよう》に入《い》るあまり、傍《かたはら》なる足鼎《あしがなへ》をとりて、頭《かしら》にかづきたれば、つまるやうにするを、鼻をおし平《ひら》めて、顔をさし入れて、舞ひ出《い》でたるに、満座、興に入る事かぎりなし。――第五十三段

これもまた仁和寺の僧の話である。寺に召し使われていた稚児《ちご》が、剃髪《ていはつ》して一人前の僧になるお別れ会ということで、先輩の僧たちがそれぞれ芸など披露して、酒宴を盛りあげたことがあった。そのとき、ある僧が酒に酔って、つい調子に乗ってしまい、傍《かたわ》らにあった鼎を取って頭にかぶったところ、すこしつかえるような感じだったのを、鼻をおしつぶすようにして顔をおしこんで、そのまま座の中央に舞って出ると、一座の人々は、やんややんやとおもしろがること、おもしろがること――。

だが、次の瞬間……。

しばしかなでて後《のち》、抜かんとするに、大方《おほかた》ぬかれず。酒宴《しゆえん》ことさめて、いかがはせんと惑《まど》ひけり。とかくすれば、頸《くび》のまはり欠けて、血垂《た》り、ただ腫《は》れに腫れみちて、息もつまりければ、打ち割らんとすれど、たやすく割れず、響きて堪《た》へがたかりければ、かなはで、すべきやうなくて、三足《みつあし》なる角《つの》の上に、帷子《かたびら》をうちかけて、手をひき杖《つゑ》をつかせて、京なる医師《くすし》のがり、率《ゐ》て行きける道すがら、人の怪しみ見ること限りなし。

しばらく舞いおさめて、さて鼎を抜きとろうとすると、どうしても抜けない。一座はシーンとして、酒宴の席もしらけてしまった。どうにかして抜こうと皆はあせり、あの手この手と試してみたが、首のまわりが傷つき、血が垂れるばかり。腫れに腫れて、呼吸《いき》も苦しくなったので、鼎をうち割ろうとするが、そうそう簡単に割れるものでもない。それどころか、がんがん響いてがまんならないので、それもならず、どうしようもなくて、三本足の角の上にかたびらを掛けて隠し、手を引き、杖《つえ》をつかせて、京の市中のお医者のところに連れていった。道中、人々が、何だろう、変な者、と思って見物することといったら――。

医師《くすし》のもとにさし入《い》りて、向ひゐたりけんありさま、さこそ異様《ことやう》なりけめ。物を言ふも、くぐもり声《ごゑ》に響きて聞えず。「かかることは、文《ふみ》にも見えず、伝へたる教へもなし」と言へば、また仁和寺に帰りて、親しき者、老いたる母など、枕上《まくらがみ》に寄りゐて泣き悲しめども、聞くらんとも覚えず。

医者の家に入って、医者と向かいあっていたであろうそのようすは、さぞ異様であったろう。ものをしゃべっても、言葉が内にこもって、何を言っているかわからない。「こういうことは医学書にも出ていないし、口伝の教えもない」と、医者もさじを投げたので、しかたなく、また仁和寺に戻ってきた。親しい者や母親などが、枕もとに集まり座って泣き悲しむが、はたしてご当人に聞こえているのかどうか――。

かかるほどに、ある者の言ふやう、「たとひ耳鼻こそ切れ失《う》すとも、命ばかりはなどか生きざらん。ただ、力を立てて引き給へ」とて、藁のしべをまはりにさし入れて、かねを隔《へだ》てて、頸《くび》もちぎるばかり引きたるに、耳鼻欠《か》けうげながら抜けにけり。からき命まうけて、久《ひさ》しく病《や》みゐたりけり。

そうこうしているうちに、ある人が言った。「たとえ、耳や鼻がちぎれ落ちたとしても、命だけは助からないことがあろうか。ただ力いっぱい引いてごらんなさい」と。そこで、藁しべを首のまわりにさしこみ、鼎と首の間を隔てて、首もちぎれんばかりに引っ張ったところ、耳や鼻がもげ落ち、大怪我《おおけが》となったが、ともかく抜けるには抜けた。法師は危ない命を拾い、その後、長い間病んでいたそうである——。

まさに悲惨の一言。残酷の一語。しかし、その裏にはこみあげてくるようなおかしさがある。むごたらしさと笑いの二枚仕立てである。

もともと、笑いというものは、人が絶対に予期しない場面の展開によっておこるもの。座の楽しい空気をもっと盛りあげようとして、ふと傍らにあった鼎をかぶってしまった僧は、やんやの拍手喝采《かっさい》しか予期しなかったであろう。

だが、その鼎が抜けない。どうしても。シーンと静まり返ったその瞬間の空気さえ、肌に触れて感じられる。

このあたりからの筆は動的で、ぐいぐいと、悲劇のプロセスを活写していく。〝三足なる角〟というところなど、やりきれぬ悲しさと深いおかしさがある。その上にかたびらを掛け、手を引き、杖をつかせたいでたちは、人々をさぞ、ギョッとさせたことだろう。もったいぶった医者の答えも噴飯物《ふんぱんもの》。当事者のその困惑が救いのないところに落ちていくのに反比例して、おかしさは増していく。

この段では兼好さんは、淡々と出来事を語るのみで、自分の意見はひと言も口にしてはいない。

彼は何を言いたかったのだろう。おもしろがらせようとするあまり、演出が過ぎてはいけないね——。若い日にこの段を読んだとき、私はこうした教訓と受けとった。もちろんそれもある。しかし、年を重ね、経験も重ねてきたいま、読み返してみると、兼好さんはもっとやさしい、慈愛というほどの目で、この法師を見つめているようだ。

生きているうちには、思ってもいない、いろいろなことがおこるよな。人生の途上には魔物がふっとあらわれることもある。それにしても、ちょっと調子に乗ったばかりに取り返しのつかない失敗をしたなあ。かわいそうに……。
兼好さんのそんな言葉も聞こえてきそうな一段である。

興も過ぎると、あいなし

さて、もうひとつのお話。これはまぎれもなく教訓が表にあらわれている話である。先ほどは原文を先に書き、現代語訳でストーリーを辿《たど》ったが、今度は、言葉をだいぶん補ったわかりやすい訳で話を展開し、次に原文を味わっていただこう。

これもおなじく仁和寺（御室）の僧の話。そして、ここにも稚児がからんでくる。

仁和寺に大変美しい稚児がいて、僧たちの人気の的だった。あるとき、その稚児をなんとかして誘い出して一緒に遊ぼうと、たくらんだ僧たちがいた。そこで、芸達者な僧たちも仲間に入れて、破子《わりご》弁当を念入りに作り、その弁当をいくつか箱にきっちり入れ、双《ならび》が丘《おか》のうまくいきそうなところに埋めておいた。上には紅葉を散らしておいたりして、気づかれないようにうまく隠しておき、ご住職である法親王《ほっしんのう》様の御所にまいり、そこにいる稚児に、調子いいことを言って、誘い出してきた――。

御室《おむろ》にいみじき児《ちご》のありけるを、いかで誘ひ出《い》だして遊ばんとたくむ法師どもありて、能《のう》あるあそび法師どもなどかたらひて、風流《ふうりう》の破子《わりご》やうのもの、ねんごろにいとなみ出《い》でて箱風情《はこふぜい》の物にしたため入れて、双《ならび》の岡《おか》の便《びん》よき所に埋《うづ》みおきて、紅葉《もみぢ》散らしかけなど、思ひ寄らぬさまにして、御所《ごしょ》へ参《まゐ》りて、児をそそのかし出でにけり。——第五十四段

稚児を連れ出せたうれしさに、僧たちは浮かれきって、あちこち遊びまわったあと、くたびれたなあ。（破子を埋めた）苔《こけ》がいちめんに生えているところに、みんなで腰をおろし、「ああ、その昔、白楽天《はくらくてん》は「林間に酒を煖《あたた》めて紅葉《もみじ》を焼《た》く」と詠《よ》んだけれど、誰かこの紅葉を焚《た》いて、酒の燗《かん》をつけてくれる人はいないかなあ。霊験《れいげん》あらたかなお坊さんたち、試しに祈ってみては」などともったいぶって言ったりして、そこにある木に向かって、数珠《じゅず》をさらさらと押しもんだり、印《いん》を大げさに結んだりするなど、なんとももののしい振る舞いをした末に、目印として散らしておいた紅葉をかき分けてみたけれど、まったく何も出てこない。おや、場所をまちがえたか、と大あわてで、掘らぬところもないほど、山中を探しまわってみたけれど、結局、破子は出てはこな

かった。じつは、破子を埋めていたのを誰かが見ていて、皆が寺に戻ったとき、盗んだのだった。僧たちは、稚児の前で大恥をかき、言葉もなく、口ぎたなくののしりあって、プンプン怒りながら帰っていったということである――。

うれしと思ひて、ここかしこ遊びめぐりて、ありつる苔《こけ》のむしろに並《なら》み居《ゐ》て、「いたうこそ困《こう》じにたれ。あはれ紅葉を焚《た》かん人もがな。験《げん》あらん僧たち、祈り試みられよ」など言ひしろひて、埋《うづ》みつる木のもとに向きて、数珠《ずず》おしすり、印ことことしく結び出《い》でなどして、いらなくふるまひて、木《こ》の葉《は》をかきのけたれど、つやつや物も見えず。所《ところ》の違《たが》ひたるにやとて、掘らぬ所もなく山をあされども、なかりけり。埋みけるを人の見おきて、御所《ごしょ》へ参りたる間《ま》に盗めるなりけり。法師ども、言《こと》の葉《は》なくて、聞きにくくいさかひ、腹立《はらた》ちて帰りにけり。

最初の話の僧は、とっさの思いつきで鼎をかぶったのだが、この僧たちは、はじめからおおいに計画的だった。美少年だなあと、いつもほれぼれとみつめている稚児にサプライズを贈る魂胆《こんたん》だから、仕掛けも念入り。

稚児を連れて来ても、すぐには破子をみつけようとはせず、数珠を押しもみ、印を結んでと、大仰な振る舞いを繰り返す。さあ驚かせてやるぞ、と、期待が大きく大きくふくらみきったそのとき、〝つやつや物も見えず〟。その期待感は無惨にしぼんでしまう。その後の大あわてぶりは滑稽でもの哀しく、種明かしがあっさりと書かれているのは、かえって味がある。

そして、この第五十四段の終わりを、兼好さんははっきり、こう結論づける。

あまりに興あらんとする事は、必ずあいなきものなり。

あまりにもおもしろくしようとして作為的なことをすると、かえってつまらなくなるものだ——。

シンプルで素直に生きる

最後に、もうひとつ短いお話。これは原文を省いて、私流の訳だけで紹介しよう。

園《その》の別当入道《べっとうにゅうどう》という人は、比べる人のないほどの料理人だった。あるときの宴会に、その家の主人がみごとな鯉《こい》を客の前に出した。別当入道もその場に居たので、座の人々は皆、彼の包丁さばきを見たいと思ったけれど、それを口に出しては失礼かとためらっていた。別当入道は、場の空気をすかさず読んで、こう言った。

「私はこの頃、料理の稽古のため、百日間、毎日、鯉を切ることにしています。一日だけ、怠《なま》けるわけにもいきません。ぜひ、鯉を切らせていただきましょう」

皆は、この場にふさわしいことをよく言ってくれたものだと感心した。だが、この話を人から聞いた北山《きたやま》の太政入道《だいじょうにゅうどう》は、こうおっしゃった。

「別当入道の言葉は、私にはわざとらしく聞こえるね。『切る人がいないなら、私が切りましょう』と、あっさり言ったほうがずっといい。百日の鯉なんて大げさなことを言わなくたっていいだろう」

兼好さんにその話をした人は、太政入道の言葉に共感をおぼえたからこそ、話したのだろう。そして、それを聞いた兼好さんも、太政入道の言葉をセンスがいい、と感じたはずだ。

なぜなら、こう続くのだから。

大方《おほかた》、ふるまひて興あるよりも、興なくてやすらかなるが、まさりたる事なり。まれ人の饗応《きやうおう》なども、ついでをかしきやうにとりなしたるも、誠《まこと》によけれども、ただ、その事となくてとり出《い》でたる、いとよし。人に物を取らせたるも、ついでなくて、「これを奉らん」と言ひたる、まことの志なり。——第二百三十一段

だいたい、どんなことでも、わざわざ工夫を凝らしておもしろおかしくするよりも、おだやかで素直なのが、ずっといいのだよ。客人のもてなしでも、時節の興趣を盛りこんだのもまことに結構だが、特別にといった感じではなく、しぜんに盛りこまれたほうがすばらしいのだ。人に物をあげるのも、形式ばった折（中元や歳暮みたいな）でなくても、ふとした折に「これをさしあげましょう」と言うのこそが、まことの志というもの、心から出た好意というものではないかな——。

お義理とか慣習とかにとらわれず、あげたいと思ったときがあげるとき。形式だけが贈答の心ではないよと、言いきるのである。

徒然草は、しかつめらしいお説教だけと思うのは大まちがい。ほんのちょっと暮らしを心地よくしてくれるセンスも、おおいに含まれているのである。

8 人生は予定どおりにはいかないもの

日々に過ぎ行くさま、かねて
思ひつるには似ず。一年の中もかくの
ごとし。一生の間もまた、しかなり。

徒然草には、そうそのとおり、と、うなずきたくなるところが、次々と出てきます。しかもその文章が明快で論理的。それでいて情緒たっぷりなのです。たとえば、誰もが心深くしまっている思い出の、過ぎ去ったゆえの抑えがたい恋しさを、兼好さんはせつせつと説きます。そんな筆に誘われて、私も、若き日の追憶の地への旅を思い立ちました。そこでまた、兼好さんの言葉が私の耳に聞こえてきたのです。「人生は予定どおりにはいかないものだ、そのことを覚悟しておけばいいんだよ」と。

過ぎ去った思い出の恋しさ

叙情的とさえいえるようなやさしさと、身に沁《し》む深い思いをあわせもつ一段がある。「しづかに思へば、よろづに過ぎにしかたの恋《こひ》しさのみぞ、せんかたなき」にはじまる段である。

静かに思い出のなかに帰っていくと、すべて何事につけても、いまは遠く過ぎ去ってしまったことへの恋しさだけが、どうしようもなくつのってきて、抑えることができない――心の襞《ひだ》をなでさするような言葉の響きがある。

しづかに思へば、よろづに過ぎにしかたの恋しさのみぞ、せんかたなき。人《ひと》しづまりて後《のち》、長き夜《よ》のすさびに、なにとなき具足《ぐそく》とりしたため、残し置かじと思ふ反古《ほうご》など破《や》り捨《す》つる中《なか》に、なき人の手《て》ならひ、絵《ゑ》かきすさびたる、見出《みい》でたるこそ、ただ、その折《をり》の心地《ここち》すれ。このごろある人の文《ふみ》だに、久《ひさ》しくなりて、いかなる折、いつの年《とし》なりけんと思ふは、あはれなるぞかし。手なれし具足なども、心もなくて変《かは》

らず久しき、いとかなし。――第二十九段

静かに思い出に浸っていると、何事につけても、過ぎ去ったものへの恋しさがつのってきて、どうにも抑えようがない。

人が寝しずまってのち、秋の長夜のなぐさめに、ちょっとした道具のあれこれをかたづけたり、残しておくまいと思う紙類を破り捨てたりするなかに、いまは亡き人が、字を書き習ったり、絵を楽しんで描いたりしたものを見つけ出したりすると、ただもう、その当時に立ち帰ったような気持ちがする。

亡き人でなくとも、いま生きている人の手紙でも、もらったときから長い年月が経《た》ち、あれはどんなときだったかなあ、とか、いつの年だったかなあ、と記憶も薄れたようなものを見る折には、しみじみとした気持ちにおそわれる。

亡き人がいつも使っていた道具類などが、ただ無機的に、その人が生きていたときのままそこに残っているのは、いとおしく、また悲しい気分になるものだ――。

私をふくめて、誰にでも、わかる、わかる、と思わせる一段ではなかろうか。

手紙や写真をかたづけようとしていたら、ふと手が止まり、そのまま手紙などを読みふけったり、写真に見入ったりして、思い出のなかに沈んでいく――そんなひととき を、誰しも持ったことがあるだろう。

古典をすこし勉強したことのある読者なら、なんだか似たような古典の一節があっ た、と、胸を揺すられるのではなかろうか。

そう。『枕草子』の第二十七段。「過ぎにしかた恋しきもの」という物づくし。賀茂《かも》祭《まつり》の日の記念《かたみ》の葵《あおい》の枯れたの、雛《ひな》遊びの道具、冊子《そうし》のページにはさまれた絹の端《は》ぎれなど、遠い日を思わせるなつかしいものの列挙のあと、こんな言葉がある。

「また、折《をり》からあはれなりし人の文《ふみ》、雨など降り、つれづれなる日、さがし出《い》でたる」――また、もらったとき、ことに印象深くて、心に濃く残った手紙を、雨など降り、所在ないような日に、ふと見つけたもの。その日のことを思い出して、恋しさに胸もせまる――。

この一節を兼好さんが意識していることは、疑問をはさむ余地もない。

彼は、徒然草のほかの段で、「自分が書くようなことは、すでにもう、源氏物語や枕草子のなかで言いふるされてしまっているが、やはり、おなじことを言わずにはいられない」といっているし、彼が、清少納言の聡明で明るい性格やこまやかな感性を、時代を隔てて敬慕していたこともまた、たしかなのである。

過去への旅立ち

三月下旬のある日。

私は、古い手紙や記念の品などを入れている紙箱のなかをかたづけていた。けっして捨てられはしない、いちばん大切なものが、そこにはあった。

それは、なつかしい先生のお手書きの歌帖《かちょう》。先生とは、私が文科の生徒として学んだ奈良女子高等師範学校（いまの奈良女子大学）の国文学教授、木枝増一《きえだますいち》先生である。

その歌帖をいただいたのは、一年生の三学期のはじめだった。

冬休みに山口に帰省した私は、その間に作った短歌の原稿を先生にさし出して「ご批評をいただけたら、うれしいのですが……」と言った。

数日後、私は廊下の黒板の片隅に「文科一年、重枝妙（私の旧姓）、来室を乞う、木枝」という端正な字をみつけた。教授室で渡されたのが、その歌帖である。

黒茶とさび紫がまじりあう紬《つむぎ》の、和綴《わと》じの帖。表紙に白い短冊《たんざく》の紙を貼り、「玉《たま》帚《ばはき》」と、新年にちなむ題までつけてある。玉帚とは、正月の初めての子《ね》の日に、蚕屋《こや》を掃く箒《ほうき》である。

私に渡しながらおっしゃった言葉も、一言一句覚えている。

「歌がうまいから、ごほうびだよ。余白には続けて自分で書きなさい」

でも、私は思った。この匂うような墨の字のあとに、どうしてわが文字が続けられよう。いただいたときのままの姿を残して、これを私の一生の宝物にしよう、と。

すこし横ひろがりの、あくまでもていねいな、ゆったりとして、かすかな甘ささえもつ優雅な字。私はその字に恋し、真似《まね》て書いた。そして、その字を書くかたにもあこがれ、恋した。

「学問は一生のもの。たとえば、万葉集なら一日一首でもいいから、覚えて、一生勉強を続けなさい」

先生の言葉は、私の生涯をつらぬく教えになった。

歌帖のページをめくっていけば、思い出はなおも広がりつづけていく。

卒業して一度だけ、私は、先生に会いに、奈良に行った。第二次世界大戦はすでにはじまっていた。母校の下関（山口県）の女学校の教師となっていた私は、春休みを利用して、夜行で行き、夜行で帰る、あわただしい汽車の旅をしたのだった。

母が奔走《ほんそう》して、二十個の卵を手に入れてくれた。その箱をかかえ、モンペ姿の私は、超満員の汽車のなかで揉《も》まれた。

法蓮町（奈良市）の先生のお宅を訪ねると、奥様が出てこられ、こうおっしゃった。

「文部次官が見えて、大事な会合とかで、四季亭に行っていますけど……」

二十二歳の私は、若くて、しかも恥ずかしがりやだったので、その言葉を聞いたとき、先生には会えぬものと、もうあきらめてしまった。卵だけお渡しして、私は出ていった。四季亭の場所は知っていた。だが、私はその前を素通りして、高畑《たかばたけ》のほうに向かい、そこから、奈良公園のあしびの森へ入っていった。

そのとき、私は生まれてはじめて、花ざかりのあしびの森を見たのだった。四年間、奈良に住みながら、その花ざかりの季節はいつも春休みにあたり、帰省していたのだ。あしび樹林の、どの木もどの木も、花をあふれさせていた。風があって、ほろほろと花はこぼれていた。手折《たお》ろうと手をのばせば、指先にも頬にも、小粒の白い花はふりかかった。

と、急につよい風が立ち、木々はいっせいに花をふるいこぼした。白い霧がかかったようだった。

私は山口に帰り、先生に手紙を書いた。歌を一首添えた。

あしび樹林の　ゆるき起伏に風わたり　花こぼるるも霧らふばかりに
折り返し、先生からお返事が届いた。

「きみは――きみは、なんというおばかさんですか。どうして、わざわざ訪ねてきて、ぼくに会わずに帰ったのですか。四季亭に来て、ぼくを呼び出してくれたら、ぼくは中座して、きみに会ったのに……」

その手紙が、先生と私をつなぐ最後のものとなった。遠からずして先生は逝かれた。

〝しづかに思へば、よろづに過ぎにしかたの恋しさのみぞせんかたなき〟

歌帖を見ながら、私は、思い出の湿った網のなかにからめとられて、胸を熱くした。

次の瞬間、私は思い立った。もう一度、花ざかりのあしびの森に行こう。三月終わりのいま、奈良公園のあしびは満開のはず。その森に通う「ささやきの小径《こみち》」を辿《たど》って、六十数年も前の、先生との思い出に帰ってみたい……。

すぐに電話をかけた。相手は、奈良在住の若き友、倉橋みどりさん。センスのいいタウン誌『あかい奈良』の編集長だ。

「あしびは咲いているかしら。花ざかりの森を歩きたいの」
「咲いていますよ。早くいらしてください」

あしび満開の浄瑠璃寺《じょうるりじ》

二日置いて、三月二十五日、新幹線に飛び乗った。午後、近鉄奈良駅到着。メインテーマはもちろんあしびの森、時間があったら、どこかのお寺へ行こうか、というような、ゆるいプランの一泊旅である。宿は倉橋さんが取ってくれた奈良倶楽部《くらぶ》。北御門《きたみかど》町にある小さなホテルだ。

近鉄奈良駅から、倉橋さんと一緒にタクシーに乗った。降りみ降らずみの雨。ちょっとした会話のあと、運転手さんがなにげなく言った。

「いま、浄瑠璃寺はあしびが満開ですよ」

その言葉をきっかけに、じゃ、今日のうちに浄瑠璃寺を見ておこうか、ということになった。あしびの森は、晴れそうな明日のために取っておこう。楽しみはあとのほうがいい。旅の荷物を、倉橋さんが奈良倶楽部に預けてきてくださった。

車は一路北へ。般若寺《はんにゃじ》の前を通り、奈良坂を越え、やがて、京都府の南、木津川《きづがわ》市へと入っていく。浄瑠璃寺はこれで三度目だが、三月終わりははじめてだった。

車を待たせて、山門に向かう道で、私はまず目をみはった。連なるあしびの、花ざかりの木々が迎えてくれたのだ。

つややかな葉かげから、房のように垂れている小さな壺《つぼ》のかたちをした花々。群れて、あふれて咲いているその花群《はなむら》を、そっと握ってみると、見た目のやわらかさに似ず、なんとなく造花っぽい張りを持つのもおもしろい。そして、ほのかな、つめたい香り。

また、会えたのね。私はしあわせを感じたが、しあわせはそれだけではなかった。

ここ、当尾《とうの》の里、浄瑠璃寺のあたりは春まっさかり。あしびだけではなく、桜、桃、白木蓮《はくもくれん》、紫木蓮《しもくれん》、椿《つばき》、さんしゅゆ、みつばつつじ、黄水仙……。花々は霞《かす》みあい、溶けあうように、やわらかく咲いていた。うぐいすが鳴き、ネコさえゆっくりと道をよぎる。

御堂《みどう》では、九体の阿弥陀《あみだ》仏《ぶつ》を拝せたうえに、これもなんとしあわせなことか、秘仏の吉祥天女《きっしょうてんにょ》の像も特別ご開帳とあって、色あでやかなそのお姿まで拝することができたのだった。三重塔は修理中で青いテントに覆われていた。塔に続く小道のほうには行かずじまいだった。

奈良倶楽部に帰ってきた私は、フロントに立つ奥さんにこう言った。

「浄瑠璃寺に行って、あしびの花ざかりを見てきました」

すると、奥さんは、

「浄瑠璃寺には、白いあしびとピンクのあしびがありましたでしょう」

「えっ、ピンクのあしびって？　どこに？」

「塔のほうに行く道にありますよ。山門の前には白いあしびがずっと続いてますが、ピンクのほうは二本くらいです」

まあ、ピンクのあしびとは珍しい。見ればよかった。はじめにここに寄って、教えてもらったおいたらよかったな。もう一度行こうかしら。

そのとき、心のなかに、徒然草のある話が浮かんだ。原文は省き、私の訳でご紹介しよう。「仁和寺にある法師、年よるまで石清水《いはしみづ》を拝まざりければ」とはじまる第五十二段である。

仁和寺《にんなじ》のお坊さんが、年をとるまで石清水八幡宮《いわしみずはちまんぐう》を拝んだことがなかったので、残念に思った。そこで、あるとき急に思い立って、たったひとりで徒歩でお参りした。男山《おとこやま》の麓《ふもと》にある八幡宮付属の寺の極楽寺と、これもやはり付属の社である高良社《こうら》を拝み、これだけで参詣《さんけい》の目的を果たしたと思いこんで帰ってきた。そして、仲間に向かい、「長年の念願を果たしました。噂《うわさ》に聞いていた以上に、尊い感じでした。それにしても、参拝の人たちが、みんな山に登っていったのは、何かがあったのでしょうか。私も行ってみたいなあ、とは思いましたが、神様にお参りするのが本来の目的と思って、山の上までは登ってみなかったんです」と言ったそうだ。山の上にあるお社《やしろ》こそ、石清水八幡宮だったのに——。

兼好は、この段をこの言葉で結ぶ。

すこしの事《こと》にも、先達《せんだち》はあらまほしきことなり。——第五十二段

先達は「せんだつ」ともいい、その道の先輩、案内者、指導者のこと。ほんのちょっとしたことにも、案内者がいてほしいものだ、という意味である。

ほんとうに、そう。はじめに奈良倶楽部に行って、「いまから浄瑠璃寺に行ってき

ますね」とあいさつしていたら、ピンクのあしびの情報を得られたかもしれない。

まこと、どんな小さなことにも〈先達〉は必要である。

人生はすべてが叶《かな》えられるものではない

翌朝、奥さん手作りの朝食を終えて、さあ、今日こそ、夢みたあしびの森の花ざかりに会うのだと、奈良公園をゆっくり歩く。鹿たちに会うのも久しぶり。でも、あいにくの雨。

春日神社の、もう本殿に近い参道を右に入り、ささやきの小径《こみち》に入れば、もうそこは、あしびの森だ。花ざかりのあしびよ。胸は期待にふくらむ。

だが、なんとしたことか。花はもう、すっかり散り過ぎていた。ほんの一房か、二房か、申しわけみたいに花を垂らしている木を、私はやっとの思いでみつけることができた。

もう二十年も前になるが、写真家の入江泰吉《いりえたいきち》氏と対談したことがあった。私があしびの花吹雪を浴びた若い日の思い出を語ったとき、氏はこう言われた。

「いや、そういうのには、なかなかめぐり逢《あ》えないものです。私のように奈良に住んでいても経験しないことですよ。人生というのは、すべてが叶《かな》えられるものではありません。だから、楽しみが残るわけです」

そうなのだ。私にとって、あしびの花吹雪のなかに佇《たたず》んだ思い出は、奇蹟《きせき》に近いこと。二度と会えないことだったのだ。だからこそ、〝恋しさのみぞせんかたなき〟。

私は思いを切りかえ、はっきりと決めた。もう一度、浄瑠璃寺に行って、昨日見なかったピンクのあしびを見よう。

お昼は、奈良町の「遊　中川」というお店で、土地の食材を活《い》かした三段重のお弁当を楽しんだ。合流なさった『あかい奈良』の副編集長、石井直子さんが、車で浄瑠璃寺に連れていってくださることになった。

当尾の里の繚乱《りょうらん》の春に、私は二日も続けて会うことができるのだ。胸はやる思いで、三重塔への道を好奇心いっぱいに進んでいった。

そこには、まさに、ピンクのあしびの花をあふれ垂らした二本の木があった。小壺のかたちをした世にもかわいい花の、萼《がく》と、その壺のなかばから口のあたりにかけて、紫を帯びたピンクに染められている。ふくらみ、張った花の内側に光をこもらせたようだ。花が小さいので、ピンク色が群がっても華やかではなく、ただかぎりなく可憐《かれん》だ。指先で花を揺すって、私は名残を惜しんだ。

今こうやって、ふたたび浄瑠璃寺を訪れてピンクのあしびを見ていることも、昨日浄瑠璃寺に来たときには考えもしなかったことだ。また、昨日、ホテルで教えてもらわなかったら、今日また訪れることもなかったであろう。

つくづく人生とは、縁と偶然とが織りなす、予測もつかぬことの集積だと思う。兼好さんもこういっている。

今日《けふ》はその事をなさんと思へど、あらぬ急ぎまづ出《い》で来《き》てまぎれ暮らし、待つ人は障《さは》りありて、頼《たの》めぬ人は来《き》たり、頼みたる方《かた》の事は違《たが》ひて、思ひよらぬ道ばかりはかなひぬ。煩《わずら》はしかりつる事はことなくて、やすかるべき事はいと心苦《こころぐる》し。日々《ひび》に過ぎ行くさま、かねて思ひつるには似ず。一年《ひととせ》の中《うち》もかくのごとし。一生《いつしやう》の間《あひだ》もまた、しかなり。――第百八十九段

今日はそのことをしようと計画を立てていても、思いがけない急用が先に出てきて、

それに取りまぎれて一日を暮らし、待っている人には差し支えができ、あてにもしていない人がやってきたり、期待していたことはうまくいかず、予想外のことは成就《じょうじゅ》する。めんどうだ、と思っていたことは、すんなりと運んで、うまくいくはずだったことは、いろいろと心を煩《わずら》わす。日々、経過していくことは、予想とは大ちがい。一年中のこともこれとおなじ。一生だって、これとおなじなのだ——。

この文章は、きっぱりとこんな言葉でしめられる。

かねてのあらまし、皆違《たが》ひ行くかと思ふに、おのづから違はぬ事もあれば、いよいよ物は定《さだ》めがたし。不定《ふぢやう》と心得《こころえ》ぬるのみ、まことにて違はず。

前もって予想していたことは、みんな食い違っていくかと思うと、全部が全部そうではなく、たまにはすんなりと予想どおりにいくこともあるから、いよいよ物事は定めにくい。ただ物事というものは、不確かで定まらないと、腹をすえておくことだけが真実であって、これは、はずれることはないのだ——。

私は深くうなずいた。山あり谷ありの人生という大きなうねりだけではない、このたびの旅の一部始終を振り返ってみても、まさに彼の説くとおりなのだ。

先生との思い出に浸り、かつて見たあしびの森の花ざかりにふたたび会いたいという願いは叶《かな》わなかった。だが、旅の付録くらいにしか考えていなかった浄瑠璃寺が、思いがけなく、繚乱の春を見せてくれた。

叶えられなかったことを嘆かず、拾いものだったことを心から喜ぶ――こんな〈融《ゆう》通無碍《ずうむげ》の心〉こそ、生きていくうえで、きわめて大切なことなのだ。

このことを、私は、この旅であらためて教わり、また、確信を得た気がする。

またしてもこの言葉を、私は思った。

いづくにもあれ、
しばし旅だちたるこそ、目さむる心地《ここち》すれ。――第十五段

9 心の受け皿を深くして

偏に信ぜず、
また疑ひ嘲るべからず。

年をとると、人はどこか頑《かたく》なになるものです。しかし、兼好さんは違います。徒然草のなかには、いわゆる珍談・奇談の類がたくさん紹介されていますが、兼好さんは頭からばかにしたりはしません。最後に短くひと言を添えるか、あるいは批評なし。「世の中にはいろいろな人がいてこそ愉《たの》しいのだ。感想も批評もいろいろあっていいんだよ」という彼の声が聞こえてきそうです。年を重ねるごとに、柔軟に、みずみずしくなる。そのためには、心の受け皿の深さ、広さが大切なのです。

若君を思いやる尼さんの話

徒然草には、えっ、そんなことが、ほんとうに？　というような珍談・奇談がたくさん蒐《あつ》められている。どの話も印象深く心に残り、どこか深く考えさせられる。

そのなかから、いくつかの段を選んでお伝えしよう。

まずは、ある尼さんのお話。

ある人、清水《きよみづ》へ参《まね》りけるに、老いたる尼《あま》の行きつれたりけるが、道すがら「くさめくさめ」と言ひもて行きければ、「尼御前《あまごぜ》、何事《なにごと》をかくはのたまふぞ」と問ひけれども、答《いら》へもせず、なほ言ひ止《や》まざりけるを、たびたび問はれて、うち腹たちて、「やや、鼻《はな》ひたる時、かくまじなはねば死ぬるなりと申せば、養《やしな》ひ君《ぎみ》の比叡山《ひえのやま》に児《ちご》にておはしますが、ただ今もや鼻《はな》ひ給《たま》はんと思へば、かく申すぞかし」と言ひけり。有《あり》難《がた》き志《こころざし》なりけんかし。――第四十七段ある人が清水寺にお参りしたときに、途中で年老いた尼さんと道連れになったが、その尼さん、道中ずっと「くさめ、くさめ」と言い続ける。「尼さん、いったい何をおっしゃってるんですか」とたずねたが、返事もせず、やめようともしない。

あまり何度も訊《き》かれるものだから、この尼さん、プンプン怒って言うことには、「ええい、うるさい。くしゃみしたとき、こうしておまじないをしないと死ぬそうです。私のご養育した若様が比叡で稚児になっていらっしゃるのですが、そのかたが今の今にもくしゃみをなさるかと思うと、気が気でなく、こうして、『くさめくさめ』とおまじないの言葉を言い続けてるんですよ！」。

なんとも今どき珍しい、みごとな心がけというものだなあ――。

〝鼻ひたる時〟とは「くしゃみをしたとき」。くしゃみをすると早死にをするという俗信があり、その時「くさめ」と唱えれば防げると、世間で言われていたのだろう。

何度も訊かれて〝うち腹たちて〟というところのおかしさ。〝鼻ひたる時、かくまじなはねば……〟と説明するときも、一刻も油断はできぬと、おそらく早口にまくしたてたであろう、その場の表情、口つきも想像できて、滑稽感が漂うのである。

稚児とは、天台や真言などの格式ある寺で、貴族や武士の子どもを預かって、学問をさせたり、給仕に使ったりした少年のことで、この老尼は若い日に、乳母として貴族の子どもを養い育てたのであろう。清水寺に参詣するのも、その養い君のりっぱな成長を祈願するためだったのか。ただもうひとすじに若君のことを思い、さながら若君と一体になっているような情の深さがある。

〝有難き志なりけんかし〟――こんなに深く人を思う心はめったにないなあ、と、兼好さんは賛嘆《さんたん》の思いでさらりと結ぶ。その裏には、それほど人を思うのは哀しくせつないような、というため息のようなものさえ感じられる。しかも、そこはかとなく、おかしい。

私は、ロシアの作家チェーホフの『可愛い女』という短編小説を思い出した。

オーレンカには、いつもきまって大好きな人がいた。彼女の恋心はただもうひとすじに相手に注がれる。最初の夫は芝居小屋を経営していたが、オーレンカは誰に対しても芝居の話ばかり。その夫が亡くなると、材木屋と結婚し、材木の話ばかり。彼も亡くなると、離れに住む、妻子と別居中の獣医に恋して、動物の病気の心配ばかり。やがて、連隊について遠くへ行ってしまった彼が、年を経て、妻子のもとに戻ると、オーレンカは彼らに自宅を提供、自分は離れに住んだ。彼女の愛情は、いまは彼の子のサーシャという男の子に注がれる。サーシャが学校に行くとき、彼女はそっとついていき、「ちょっと、サーシャ」と呼びとめて、その手になつめやキャラメルを握らせる。サーシャは恥ずかしくて、こう言う。「おばさんはうちにお帰り」。オーレンカは瞬きもせず、そのうしろ姿を見送る。彼が遠い旅にでも出るかのように。

可愛い女のオーレンカは、自分の愛は至高だと、まったく疑いもしない。チェーホフはそんな彼女に涙を注いで、この小さな物語を書いている。老尼に寄せる兼好さんの心も、チェーホフに似ていないだろうか。

大根が兵となる話と、豆がしゃべる話

次は遠く離れた地方の、たいへん不思議な話である。

筑紫《つくし》に、なにがしの押領使《あふりやうし》などいふやうなる者のありけるが、土大根《つちおほね》をよろづにいみじき薬とて、朝ごとに二つづつ焼きて食《く》ひける事《こと》、年久《としひさ》しくなりぬ。ある時、館《たち》の内に人もなかりける隙《ひま》をはかりて、敵《かたき》襲ひ来たりて、囲み攻めけるに、館の内に

兵《つはもの》二人出《い》で来て、命を惜しまず戦《たたか》ひて、皆《みな》追ひ返してげり。いと不思議に覚えて、「日ごろここにものし給《たま》ふとも見ぬ人々の、かく戦ひし給ふは、いかなる人ぞ」と問ひければ、「年《とし》ごろ頼みて、朝な朝な召しつる土大根らに候《さぶらふ》」と言ひて失《う》せにけり。深く信をいたしぬれば、かかる徳《とく》もありけるにこそ。──第六十八段

遠く筑紫の国（九州）に、なんとかという名の押領使《おうりようし》（諸国の凶漢を鎮定する役人）だとかいう人がいたが、彼は、大根を何にでも効《き》くすばらしい薬として、毎朝二本ずつ焼いて食べる習慣を、もう何年にもわたって続けていた。

あるとき、館《たち》（堀や垣を巡らした城のような邸）に家来が一人もいなくなった、その隙をねらって、敵が突然襲ってきて攻めたてた。するとそのとき、館にふっと屈強の兵二人が現われた。彼らは命を惜しまず戦って、敵をみんな追い返してしまった。押領使は大変不思議に思って、「日頃、この館に住んでいらっしゃるとも思われないあなたがたが、このように命のかぎり戦ってくださるとは。いったい、どなたでしょうか」とたずねると、「長年の間、あなたが信じてくださって、食べてくださった大根どもです」と言って、また、ふっと姿を消してしまったそうだ。

深く信頼を寄せていたので、こんな功徳もあったのだろうか――。

主《あるじ》のために命を惜しまず働いた兵は、なんと大根の化身《けしん》だったのだ。主は大根を万能の薬として深く信じ、大根はその信頼をこのうえもなくありがたいものとして応《こた》え、主の命を救った。童話のような、あたたかな幸福感が残る話だ。

兼好さんは、この不思議な話を、現実にあったものと信じこんでいるわけではない。そもそも彼はたいへん合理的な考えの男で、第七十三段では「世間で語り伝えていることは、ほんとうのことを言えばおもしろくないからであろうが、たいていのことはみんなうそっパチだ」と言うほどである。

だが、その段の終わりのほうに、こうある。

大方《おほかた》はまことしくあしらひて、偏《ひとへ》に信ぜず、また疑ひ嘲《あざけ》るべからず。

神仏の奇蹟《きせき》や伝説などは、それらしく扱っておくのがよい。ひたすら信じこむこともよくないし、また、頭からバカにすることもよくない――と。

この大根の化身の話も、作り話だと言い捨てるには、あまりにも身に沁《し》む話だし、ほんとうにあった話だというには、やはり夢物語に過ぎるのである。

だが、作り話のようなものの底に、〈人生の真実〉は、しんと光っている。つまり、信を寄せれば、信頼されたものは必ずそれに報いるはずという思いだ。

この心に響く思いを、兼好さんは捨てがたいのである。

ところで、大根の兵士は、どんな顔だったのだろう。ふっくらと色白のきれいな男だった？ なじみの男性美容師さんにたずねたら、「それは同感ですが、すこし土くさくって、奮戦のあとは泥まみれでしょうね」と返ってきたのもおもしろかった。

次もまた、異次元の世界のような話である。


書写《しょしゃ》の上人《しゃうにん》は、法華読誦《ほっけどくじゅ》の功つもりて、六根浄《ろっこんじゃう》にかなへる人なりけり。旅の仮屋《かりや》に立ち入《い》られけるに、豆の殻《から》を焚《た》きて豆を煮ける音のつぶつぶと鳴るを聞き給《たま》ひければ、「疎《うと》からぬおのれらしも、恨めしく、われをば煮て、からき目を見するものかな」と言ひけり。たかるる豆殻《まめがら》のはらはらと鳴る音は、「わが心よりすることかは。焼かるるはいかばかり堪《た》へがたけれども、力なき事なり。かくな恨み給ひそ」とぞ聞えける。——第六十九段書写《しょしゃ》の上人とは、平安中期の高僧、性空《しょうくう》上人のこと。播磨国《はりまのくに》（兵庫県）の書写山《しょしゃざん》に圓教寺《えんきょうじ》を創建したので、書写の上人と呼ばれた。書寫山は姫路市の夢前《ゆめさき》川のほとりにある山で、西の比叡山《ひえいざん》とも呼ばれる。六根《ろっこん》とは、目、耳、鼻、舌、身、意で、人間の迷いを生じる五つの感覚器官と、心の総称。六根浄にかなう人とは、その六根のすべてが清らかになった人という意味である。

書写の上人は法華経をよく読み、幾度も唱えた功徳で、六根清浄にかなうかただったそうだ。そのかたが旅先で泊まるために、粗末な小屋にお入りになったとき、豆殻を焚いて豆を煮ている音がつぶつぶと鳴る音をお聞きになった。それは豆が、「おい、豆殻よ。おれとお前はおなじ根を持った仲間じゃないか。なのに、恨めしいことに、おれを煮て、ひどい目にあわせるとは何事だ」と恨み言を言う音であった。また、焚かれる豆殻がはらはらと鳴る音は、こう聞こえるのであった。「こんなひどいことを、おれが好きでするわけないだろう。おれだって焚かれるのは我慢のできないほどつらいことだが、どうしようもないんだよ。そんなに恨まないでくれ」——。

普通の人の耳には、ただ、つぶつぶ、はらはらとしか聞こえぬ音も、研鑽《けんさん》、修行を極めた人の耳には、豆と豆殻のせつない会話に聞こえたのか。これもまた、詩のような、童話のような、澄みきった境地に無邪気な心が宿る一章である。

兼好さんも、ひと言も評をせず、その無邪気な心の余韻を楽しんでいるかのようだ。

私は『万葉集』のひとつの歌を思い出した。巻十の「草に寄す」という歌である。

「道の辺《へ》の尾花《をばな》が下《した》の思《おも》ひ草《ぐさ》今さらさらに何《なに》をか思はむ」

道のほとりの薄《すすき》のもとで、いつもしょんぼりうなだれて、物思いにふけっている思い草よ。お前、なんで、そんなに悲しそうなんだ。恋しい人と別れたのか。元気出せよ。おれはお前みたいに、恋の未練をいつまでもひきずってくよくよしたりはせんぞ。前を向いて歩いて行ってるぞ。お前もそうしろよ――。

「思ひ草」とは、薄の根元に寄生する、なんばんぎせるの異名。つゆくさ、りんどうなどの説もある。万葉人《まんようびと》は、そんな小さな草の花さえ、わが友とした。

功徳を積み、一点の曇りもなく清らかな心身を持つことに成功した六根清浄の人は、三千世界のあらゆる声を聞き知ることができるという。もちろん植物の声も、である。三千世界の存在をすべて〈友〉とし、受け入れた、書写の上人ならではの逸話であり、兼好さんはその真偽は別として、その〈すべてを受け入れる〉精神を、たかく評価するがゆえに、この逸話をとりあげたのだろう。

さまざまな人がいるからおもしろい

最後にもうひとつ。これも事実だけを記述して、解説は一切ない。

公世《きんよ》の二位《にゐ》のせうとに、良覚僧正《りやうがくそうじやう》と聞えしは、極めて腹あしき人なりけり。坊《ばう》の傍《かたは》らに、大きなる榎《え》の木《き》のありければ、人、「榎木僧正《えのきのそうじやう》」とぞ言ひける。この名《な》しかるべからずとて、かの木をきられにけり。その根のありければ、「きりくひの僧正」と言ひけり。いよいよ腹立《はらた》ちて、きりくひを掘り捨てたりければ、その跡《あと》おほきなる堀にてありければ、「堀池僧正《ほりけのそうじやう》」とぞ言ひける。——第四十五段

公世の二位とは、従二位《じゆにい》で侍従《じじゆう》を務めた藤原公世のこと。歌人で箏《こと》の名手。一三〇一年没。良覚僧正は、その兄（せうと）で歌人。延暦寺《えんりやくじ》の大僧正である。大僧正とは、大僧正、僧正、権僧正《ごん》とある三階級の最高位。〝腹あしき人〟とは、腹黒の意地悪な人とかお腹の弱い人という意味ではなく、怒りっぽい人、という意味である。

従二位の藤原公世の兄で、良覚僧正と申しあげたかたは、非常に怒りっぽいかたであった。お住まいの僧坊の傍らに大きな榎の木があったので、世間の人があだなをつけて、「榎木の僧正」と呼んでいた。こんな名はけしからん、おもしろくないといって、その木を伐ってしまわれた。その根が残り、切り株になっていたので、世間の人は「切りくい（切り株）の僧正」と呼んだ。僧正はますますご立腹。その切り株を掘って捨てさせると、その跡が大きな堀になっていたので、世の人は今度は「堀池の僧正」と呼んだのである——。

こう次から次へとあだなをつけられては、たしかに本人はたまらないだろう。

若い日にこの段を読んだときは、兼好さんのお説教だと思った。「そんなにカッカするものではない。大僧正ともあろう人が、鷹揚《おうよう》にかまえて、あだなくらいつけさせておけばいいではないか」。兼好さんの思いはそうだと思った。

でも、歳《とし》を重ねてきたいま読み直してみると、なんにも解説を加えていないことが、むしろ大事な読みどころだということがわかってきた。

兼好さんは最初に良覚僧正のことを〝腹あしき人〟と紹介しただけ。あとはただ、事の原因と結果だけを客観的に記述する。なのに、この段が私たちの記憶に残るのは、濃い墨でくっきりと線描きしたような表現のせいだ。読者は、〝腹あしき人〟が自分の激情のままに人々の言葉に反応するようすを、芝居を観《み》るように思い描く。

怒りっぽくてはだめだ、などと、兼好さんは一方的にきめつけたりはしない。持って生まれた性《さが》はどうしようもないもの。あがけばあがくほど、悪いほうに転んでいく。そんな生きかたのひとつの見本のようなものを示しているようにも思える。また、群集心理の無神経を風刺しているようなところもある。

徒然草を七十年以上読み続けてきて、いまは思う。世の中にはさまざまな人がいる、それが世の中のおもしろさだよ、と、兼好さんは言いたいのだろう、と。そして、どんな話も、それを読む側の心の受け皿の深さ、広さ次第で、いろいろな解釈ができ、ちがう色に染まるのだよ、と。

それでいいのだよ。

なにも、人とおなじ考えかたをしなくていいんだよ。

しかし、いかに人生の洞察力にすぐれた兼好さんであっても、そう思えるようになったのは、そう若い頃ではなかったろうと、勝手に推測している。

10 よき友、わろき友

友とするにわろき者、
七つあり。

十六年前に逝った夫は、いつもこう言っていました。「ひとりになっても君は大丈夫だよ。よき友がたくさんいるからね」と。〈ひとり〉が大好きな私ですが、それは〈よき友〉がたくさんいてくれるからこそのこと。では、兼好さんのいう〈よき友〉とは、いったいどんな友達なんでしょう。兼好さんは『論語』を下敷きにして、ほのかなユーモアをまじえながら〈よき友〉と〈わろき友〉とを仕分けしていきます。彼の筆のひねりがご愛敬。

まずは〈わろき友〉の話から

兼好さんが「ひとり燈火《ともしび》のもとに」ひろげて読んだ本のなかには、『枕草子』も入っていたことはたしかで、彼が〈見ぬ世の女友達〉である清少納言に一目《いちもく》置いていただけでなく、敬慕の思いさえ抱いていただろうことについては、これまでにも触れた。

その証拠に、枕草子の「ものづくし」の手法も、徒然草のなかにしっかり採《と》り入れられている。「賤《いや》しげなるもの。居《ゐ》たるあたりに調度《てうど》の多き」（第七十二段）や「養《やしな》ひ飼《か》ふものには、馬・牛」（第百二十一段）などが、それである。

第百十七段の「友《とも》とするにわろき者、七つあり」もまた、「ものづくし」の一種といえよう。この段はワサビの利《き》いたおもしろさがいちばんの魅力。まずは原文から。

友とするにわろき者、七つあり。
一つには高くやんごとなき人。
二つには若き人。

三つには病《やまひ》なく身強《みつよ》き人。
四つには酒を好む人。
五つには猛《たけ》く勇める兵《つはもの》。
六つには虚言《そらごと》する人。
七つには欲深き人。――第百十七段

まず〝わろき〟という言葉の意味をおさえておきたい。『日本国語大辞典』を引いてみると、「わろし」とは、「好ましくない、望ましくない、いけない」という意味で、もともと「よろし」の反対語、である。「よろし」とは、「まあまあ、よい」といった意味である。

似た古語に「あ(悪)し」や「よし」があるが、「わろし」も「よろし」も、「あし」や「よし」より程度が軽いときに使われる言葉なのである。念のために、四段階に分けてみると、よし→よろし→わろし→あし、の順に評価が下がっていく。

だから、〝友とするにわろき者〟とは、頭から「悪友」ときめつけているのではなく、「どちらかといえば、勘弁してよと言いたいような友達」ぐらいの感じである。

こうして、しっかりと言葉の意味を把握しておけば、〝わろき者七つ〟も、なるほどと納得できるはずである。では、私の解釈も交えながら、現代語訳を読んでいこう。あんまり友達にしたくない人には、七つある。

まず身分が高く、重々しい地位の人とは、フランクな友達づきあいは無理というもの。肩がこるから、なるべくなら、友達にはなりたくない。

二つ目の若い人は、活力がありすぎて、こわれやすい珠《たま》のようなところがあり、危なっかしくて、これもつきあいにくい。

彼は第百七十二段でも、「若き時は、血気《けっき》うちに余《あま》り、心、物に動きて、情欲多し。身を危《あや》ぶめて砕《くだ》けやすき事《こと》、珠《たま》を走らしむるに似たり」（若いときは血気にはやるあまり心が動かされやすく情欲も多く、珠を猛スピードで転がすような危険なことをして身を破滅させやすい）と語っていて、どうやら血気盛んな若者が苦手だったようだ。

三つ目の、病気ひとつしたこともない頑強そのものの人も、病気がちな人の気持ちがわからなそうで、これも願い下げだ。

四つ目の、酒好きの酔っぱらい。これはもう最初から近づかないほうがよさそうだ。

彼は酔っぱらいも苦手だったらしく、第百七十五段には、「世には心得《こころえ》ぬ事の多きなり」（世の中には理解に苦しむことが多い）のひとつとして、酔っぱらいのさまざまな醜態を、活写している。これでもか、これでもか、と、じつにリアルに、軽妙に、しかもさめた眼で描きつくす、そのサワリのところだけだが、披露しよう。

人の上《うへ》にて見たるだに心憂《こころう》し。思ひ入《い》りたるさまに、心にくしと見し人も、思ふ所なく笑ひののしり、詞《ことば》多く、烏帽子《えぼし》ゆがみ、紐《ひも》はづし、脛《はぎ》高くかかげて、用意なき気色《けしき》、日ごろの人とも覚えず。女は額髪《ひたひがみ》晴れらかにかきやり、まばゆからず顔うちささげてうち笑ひ、盃《さかづき》持てる手にとりつき、よからぬ人は、肴《さかな》取りて、口にさしあて、みづからも食ひたる、さまあし。――第百七十五段

酔っぱらいのようすは、他人事《ひとごと》として傍《かたわ》らで見ているだけでも、いやになる。いつもは、思慮深そうなようすで、奥ゆかしい人だなあ、と感心していた人が、いったん酔っぱらうと、なんの分別もなく、ワアワアゲラゲラ笑いさわぎ、ペラペラとしゃべりまくり、烏帽子はひんまがり、着物の紐は解きっぱなし、裾《すそ》を高々とまくって脛《すね》もあらわ。たしなみもどこへやら。こんなようすは、あの奥ゆかしく見えた人と、同一

人物とはとても思えない。また、女は女で、額から垂らした髪を手で大きく掻《か》きあげて、額をまるだしにし、恥ずかしげもなく、顔をつき出して大笑いをしたり、人が盃《さかずき》を持っている手にしがみついたりするていたらく。さらに品のない女となると、肴を手に取って、人の口に押しつけて、無理に食べさせたり、自分も食べたりして、まあ、なんと、目もあてられない。ひどい酔いかただ――。

このあとも、聞きたくもない下手《へた》な歌を歌う人、見るに耐えない下品な踊りを踊る人、わが身自慢のいばり上戸《じょうご》、泣き上戸、はてはすさまじいケンカ沙汰《ざた》……などなど、まるでマンガのように、酔っぱらい百態をおもしろおかしく、いきいきと描くのだ。

あーあ、こんな酔っぱらいなんか、友達にもつのはごめんだよ、という慨嘆《がいたん》が、〝友とするにわろき者、……四つには酒を好む人〟という言葉になるのである。

五つ目の勇敢な武士も、閑居《かんきょ》を願う兼好さんにとっては、進んで友としたくはないタイプだろう。

六つ目のウソつき。

七つ目の欲ばり。

これらは、兼好さんでなくとも、ごめんこうむりたい部類であるはずだ。

続いて〈よき友〉

続いて文は、「よき友」に移る。

よき友三つあり。
一つには物《もの》くるる友。
二つには医師《くすし》。
三つには智恵《ちゑ》ある友。
――第百十七段

「よき友」の場合は、「よろし」ではなく「よし」。「よし」は「まあまあよい」ではなく、「まぎれもなく、よい」という意味だから、よき友とは、持ってうれしい、ありがたい友。「よろしき友」（まあまあいい友達）と「あしき友」（ひどい友達）について論及していないのが、人生の達人、兼好さんならではの味である。

一つ目の〝物くるる友〟。物をくれる友達というのを最初に挙げているのは、すこしおかしいが、質素な閑居の生活では、米ひとすくい、菜一把《いちわ》といった心入れだけでも、うれしかろう。

二つ目の医師。いのちを見守ってくれる友。これほど頼りになる友達はないだろう。

三つ目の智恵ある友。これもまたどんなに頼もしいことか。ましてや、人生の岐路に立ち迷ったとき、智恵ある友のアドバイスで生き直すことが、誰にもあるはずだ。

さて、この「よき友」も、その前の「友とするにわろき者」も、兼好さんの愛読書のひとつ、『論語』のなかの言葉を下敷きにしている。

孔子の曰《のたま》はく、益者《えきしゃ》三友、損者三友。

直《なほ》きを友とし、諒《まこと》を友とし、多聞《たぶん》を友とするは益なり。

便辟《べんぺき》を友とし、善柔《ぜんじう》を友とし、便佞《べんねい》を友とするは、損なり。

孔子がおっしゃるには、自分に役立つ友が三つある。損害となる友も三つある。素直で正直な人、誠実な人、もの識《し》りの人は自分のためになる。不正直な者、人に媚《こ》びへつらう者、口先ばかり達者で心は不誠実な者を友にすれば、損害をこうむる——。

孔子の言《げん》は、正論中の正論、おっしゃるとおり。ごもっとも。ほんとうに優等生の言葉なのだ。兼好さんは、その優等生ぶりの真似をしてもおもしろくない、と思ったにちがいない。彼のほのかな茶目っ気は、論語のパロディーを目指したのである。

パロディーとは文学作品の形式の一種で、他人の荘重な詩や文章をうまくもじって、滑稽に歌ったり、綴《つづ》ったりするものである。〝友とするにわろき者七つ〟でも、まっとうな正面からの仕分けでなく、自分にとって都合のわるい、いわば自己中心的な仕分けである。

たとえば〝若き人〟〝病なく身強き人〟〝猛く勇める兵〟とかは、一般的には「よき友」か「よろしき友」に入るはずのものだが、「心の抑制がきき、バランスがとれていて、ゆとりがあり、センスのいい人」を「よき人」とする兼好さんだけに、ちょっと避けたいキャラクターなのだろう。あるいは、兼好さんに、そういった人を相手にするエネルギーが乏しくなっていて、しり込みしたくなっていたのかしら。

読んでいても、思わず微笑《ほほえ》みがこぼれるのが、〝物くるる友〟。誰だって物をもらえばうれしいよね、というのは、現代の私たちの見方。〝昔より、賢《かしこ》き人の富《と》めるは稀《まれ》なり〟（昔から、賢人といわれる人で裕福な者はいたためしがない）と、第十八段で断言している彼のことである。彼がほんとうに喜んだのは、豪華で贅沢《ぜいたく》な物などではなかったはずだ。

生活に役立つ、心のこもった、小さな贈り物。しかも、ものものしく形式ばって持参するのではなく、ふっとなにかのついでに持ってこられた、前述の米ひとすくい、菜一把といった、なにげないものであったろう。なにしろ、こう言っているのだから。

人に物を取らせたるも、ついでなくて、「これを奉らん」と言ひたる、まことの志なり。——第二百三十一段

人に物をあげるのも、ふとした折に「これをどうぞ」と言ってさりげなくあげるのが、心から出た好意というものなのだよ——と。

〈智恵ある友〉とふれあう喜び

兼好さんの「よき友」「わろき友」の仕分けは、かなり勝手気ままな自己中心的な仕分けであるが、だからこそ、救いがある。たとえば、酔っぱらいの医師、智恵もあるが体も丈夫な人、など、単純に、「よき友」「わろき友」に仕分けられぬ人も出てく

るだろう。

徒然草を読んでいると、単純明快に説かれているようで、そのじつ、人間とはこんなに複雑なんだ、と思わされてくる。兼好さんの仕分けには、そういう人間味がたっぷり残されていて、読んでいるうちに、「お前さんにとって、よき友、わるき友とはどんな人たちだい?」と、たずねられているような気がしてくるのだ。

ちょうど私が新宿のカルチャーセンターで、この「わろき友、よき友」を語ったときのことである。講義後、エレベーターで一階の広いホールに降りていくと、さっき、教室の最前列で吸いこむように私の話を聴いていた岩崎さんにバッタリ会った。

岩崎さんは、いまから三十数年前、私がはじめてお茶の水の主婦の友文化センターに教室を持ったときからの生徒だ。

「お茶でもいかが?」と誘うと、「うれしいお誘いですけど、私、背中が痛くて、痛くて……。ご講義をうかがっているときは不思議に痛みがないんですけど」とのこと。

それでは、お茶はやめて一緒に帰りましょう、ということで、二人は、住友ビルの前から新宿駅までの地下道を、ゆっくり歩くことにした。

私は知っていた。彼女がもうずいぶん前に病気をして、その後遺症で、背中がとても痛み、ときには字を書くことさえままならないことを。十五分ばかりの道のりだったが、話は尽きなかった。心は通いあい、語りあう喜びに充《み》たされていた。短い時間のなかに、あふれるように多くを語った。一緒に学んできたしあわせが、二人のテーマだった。

ちょうど、雑誌『いきいき』で、本書のもととなる「清川妙さんの徒然草」という連載をしていたときだった。彼女は、その連載について触れた。

「今月号の連載を読みました。お気持ちと文章の呼吸がよくあって、流れるような筆の勢いですよ」

「ありがとう。文の呼吸までよくわかってくださって。あなたが読みながら、私と一緒に呼吸しているのよ」

私はうれしかった。三十年間、一緒にものを学んできた絆《きずな》といおうか、契《ちぎり》といおうか、その熱い気持ちがなによりうれしかった。

「先生のご講義がある日だけ、私、不思議に元気が出るんです。家にいる日は、痛い、痛いと言ってるんですけど」

私鉄で帰る岩崎さんは、わざわざＪＲの改札口まで送ってきてくれた。握手して別れた。別れが惜しかった。

ＪＲ総武線の電車にひとり乗った私は、道々話したことを思い出していた。そして、彼女のつつましさにくるまれた、学びに対しての熱い気持ち、それをあくまでも控えめに、しかし率直に表現する素直さをあらためて思い、これぞ〈智恵ある友〉だと思ったのだった。

帰宅すると、手紙がたくさん来ていた。

そのひとつは、十年前、新百合ヶ丘の教室で出会い、いまはお茶の水の山の上ホテルの教室の生徒である、川崎市の鈴木ゆりさんから。ご主人の亡きあと、もともと上手だった絵を磨いて、毎年手描きの花の絵のカレンダーを送ってくださっている。今年はまた、とりわけプロといってもいいほどの出来栄えに、私は感動して、お礼状を出した。その鈴木さんからの葉書の一部分を、ここに紹介させていただきたい。

「ひとり残されましたとき、前に進めなくなった私に『ご主人が残してくれた豊かな大切な時間を無駄にしないで……』という友人の言葉に押されるように、私は先生の新百合ヶ丘の教室にまいりました。二〇〇一年、お会いしたのです。『存命の喜び』『悲しみのあとに人生は濃くなる』――先生のお話は、私を前へ前へと導いてくださいました。楽しみながら生きる喜びを学ばせてくださいました」。

悲しみのあとに人生は濃くなる――私が話した言葉だけれど、こうして試練を乗り越えたかたから返されると、さらに深みを増して、私の心を耕してくれる。ここにも〈智恵ある友〉がいた。私は彼女の人生と画業を心から祝福した。

続いて、東村山市の志和村さんの手紙を開いた。これも連載に寄せる感想だ。「『繊《ほそ》いいんげん、底にほのかな甘みのあるほうれんそう。チラと苦みのきいたダンディーな茗荷《みようが》』に至っては、うーん、うまい！と拍手したくなりました。茗荷もこう表現が利《き》くと、思わず今晩の食卓に加えてみたくなります」。

六十五ページで紹介した、「私のひとり暮らし」のくだりである。私がひそかに気に入っている箇所に、敏感に響き返してくれている。読む人の、〈心の感性の受け皿〉が深くなっていないと、こうはいかない。

心の感性は、学びつづけることで、いくらでも深く、広くすることができる。まさに、〝心はなどか、賢《かしこ》きより賢きにも、移さば移らざらん〟（心は努力しだいで、いくらでも磨くことができる）のとおりである。

エイジシュートを目指したい

手紙のなかに、ふっくらとした、大きめの封書があった。差出人の和田さんの名を見ただけで、中身がわかった。開いてみると、カンは大当たり。大阪「神宗《かんそう》」の塩昆布一袋である。おたがいの、おなじみの好物で、以前にも、「食べたいなあ」と思っているとき、魔法のようなタイミングで、和田さんから送られてきたことがある。

塩昆布の袋には和紙の広い帯をつけて、紙の上に、朱の筆で、水引き代わりの輪をくるりと描き、墨の字で〝よろこぶ〟と認《したた》めてある。添えられた手紙には……。

「いきいきとお忙しいおひとり生活。その場でただちに演舞場へ。賢きより賢きに移して江戸検定と、スピード感あふれる展開ぶり。一気に読了し、心の栄養剤とさせていただきました。最高年齢合格表彰を〝よろこぶ〟でお祝いしたくてたまらなくなりました」

なんというい い手紙。なんという〈智恵ある友〉。そして、なんという至芸を見せてくれる〈物くるる友〉であろうか。

その前の講義の終わりには、やはり長年一緒に学びつづけている大友さんから、小さな包みを手渡された。なかには卵が二個入っていた。大友さんとおなじ敷地にお住まいのお義父《とう》様が、放し飼いの鶏を五羽飼っていらして、その鶏の産みたての二個をくださったのだ。『枕草子』の「うつくしきもの」を地でいくような、この小さな贈り物は、童話のような雰囲気があり、しかも非常に美味であった。

兼好さんの〈物くるる友〉もまた、センス充分な友であったろう。どんな物を、どんなかたちでもらったか、訊《き》きたい気がしてならない。

さて、兼好さんの挙げたよき友の「医師」には、「待ってました！」と紹介したい、私の主治医、瀬戸山先生がいらっしゃる。いまから十六年前、胃の手術を受けて以来、瀬戸山先生のもとに、私は月一回、受診のために通っている。受診といっても、いまはもう面接のようになっているが、この日を、私は心から楽しみにしている。〈よき友〉などとおなじ目線でいうのは馴《な》れ馴《な》れしすぎるけれど、でもやはり、敬意をこめて〈よき友〉と呼ばせてほしい。

先日、先生は私に、「紀寿」という字を書いて示された。

「百歳のお祝いのことを、この頃、紀寿という人もあるんです。一世紀、百年を生きた、ということです」

「エレガントな言葉ですね」と、私が言うと、先生は微笑しておっしゃった。

「あなたも目指してくださいね」

瀬戸山先生の言葉はいつも示唆と励ましに充ちている。先生とお話ししていると、自分の体も心も大切にして、ていねいに生きて、寿命の尽きるその日まで、精いっぱい生きぬいていこう、と思う。

二〇〇九年、江戸文化歴史検定三級にパスして、最高年齢として表彰されることをお話ししたときのこと。「ついでに最高点だと、もっとうれしいんですけど」と言うと、こう答えてくださった。

「今年は二級を受けて、八十九歳で八十九点を取られるといいですね。ゴルフにエイジシュートというのがあって、年とおなじ点数というのはすてきなんですよ」

さすがに二級はむつかしくて、八十九点には、とてもとても届かなかったが……。でも、「エイジシュート」というすてきな言葉をひとつ知ったのは、大きなしあわせ。

〝よき友、医師〟は〝智恵ある友〟をも、みごとに兼ねていらっしゃるのだ。

11 おなじ心の友

さしたる事なくて、
人のがり行くは、よからぬ事なり。

〈おなじ心の友〉とは、心を許しあえる真実の友のこと。筆の冴《さ》えを見せた「よき友」「わろき友」とは違い、兼好さんの筆はしめりがち。なぜなら彼は、真の友情について、懐疑的なのです。でもだからこそ、それを得たときの喜びは深いもの。人と人の心が通じあったその瞬間の、なんともいえない幸福感。誰しもがおぼえがある、どこか恋にも似た気持ち。彼の筆はまた、人づきあいにおける距離の取りかたについても言及します。訪問や手紙のやりとりなど、いま私たちが読んでもドキッとすることばかり。兼好さんの、ちょっとシニカルで、ちょっとヒューマンなコミュニケーション論をどうぞ。

真実の友をもとめて

兼好さんという人は、静かにひとりでいて、あのこと、このこと、あれこれと自在に奔放に思いめぐらすことが、何より好きだった。

前にも紹介したとおり、〃つれづれわぶる人は、いかなる心ならん〃――「ひとりぼっちでなんにもすることがないことをつらく思う人なんて、いったい、どんな心だろう」と不思議がり、〃まぎるるかたなく、ただひとりあるのみこそよけれ〃――「心がほかに紛れることなく、たったひとりでいることこそ、最高の境地である」と断言しているくらいである（第七十五段）。

そんな彼は、〈真実の友〉についても好みが非常にこまかく、神経質とさえいえる。

おなじ心《こころ》ならん人《ひと》と、しめやかに物語《ものがたり》して、をかしき事《こと》も、世《よ》のはかなき事も、うらなく言ひ慰《なぐさ》まんこそうれしかるべきに、さる人あるまじければ、つゆ違《たが》はざらんと向《むか》ひゐたらんは、ひとりある心地《ここち》やせん。――第十二段おなじ心であるだろう人と、しんみりとお話をして、人生についてのおもしろい話題や、世の無常についても、本音をぶっつけあって、心を慰めあうことができたら、どんなに楽しかろう。でも、そんな人など、いるわけがないので、相手の気持ちとすこしでも違ってはいけないと、絶えず気を遣って向かいあっているとすれば、かえって、ひとりぼっちでいるような、孤独感におそわれることだろう――。

〝おなじ心ならん人〟は「おなじ心であるだろう人」で、〝おなじ心なる人〟（おなじ心である人）ではない。そんな人がいたら、どんなにいいだろう、と夢見る、いわば理想像である。

そんな理想の人と、あれやこれや、この世の物語を、本音のまま語り合えたら、どんなに心は慰められることだろう。だが、〝さる人あるまじければ〟――「そんな人があるはずはない」と兼好さんは悲観する。相手の気分を損《そこ》ねまいと気ばかり遣っているより、いっそ、ひとりのほうがいいなあ。

〈心の友〉の存在に関して、彼はネガティブだ。

たがひに言《い》はんほどの事《こと》をば、「げに」と聞《き》くかひあるものから、いささか違《たが》ふ所《ところ》もあらん人《ひと》こそ、「我《われ》はさやは思ふ」など、あらそひ憎み、「さるから、さぞ」ともうち語らはば、つれづれ慰まめと思へど、げには、少しかこつかたも、我と等《ひと》しからざらん人は、大方《おほかた》のよしなしごと言はんほどこそあらめ、まめやかの心の友には、はるかに隔たる所のありぬべきぞ、わびしきや。

おたがいに語り合いたいと思っている話題については、「なるほど」と耳を傾けるだけのかいはあるだろう。しかし、話が細部にわたってくるとなると、かえってすこし意見が違うなと思うような相手のほうが、「いや、自分はそうは思わない」などと相手をとがめ、論争したり、「だから、こうなるんじゃないか」と説き伏せたりして、話も活気づき、さぞ退屈も紛れるだろうと思う。

だが、実際、問題になると、小さな愚痴のようなものだって、自分とおなじ心でない人は、あたりさわりのない通り一ぺんのことを言っている間はまあいいとしても、「ほんとうの意味の心を許せる友」というにはかけ離れているにちがいない。そう思うと、心からわびしい気持ちになってくる——。

〝まめやかの心の友〟とは、心を許し合える〈真実の友〉。こまかく考えていけばいくほど、そんな友を得ることはむつかしい、と、兼好さんは悲観的だ。だからこそ彼は、〈心の友〉を、読書のなかに見つけたのだろう。〝ひとり燈火《ともしび》のもとに文をひろげて、見ぬ世の人を友とするぞ、こよなう慰《なぐさ》むわざなる〟というように。

夜の孤独を慰めるものは、書物で出会う、見ぬ世の人たち。その人たちが〝まめやかの心の友〟となって、このうえもなく、心をなだめ、いたわってくれるのだ。

困った客

ちょっとここで、横道にそれさせていただきたい。第百七十段。ここには、訪問のマナーともいえることが、綴《つづ》られている。

さしたる事《こと》なくて、人のがり行くは、よからぬ事なり。用ありて行きたりとも、その事果《は》てなば、とく帰るべし。久《ひさ》しく居《ゐ》たる、いとむつかし。――第百七十段

これという、きまった用事もないのに、人のもとへ行くのはよくないことなのだよ。

たとえ、用事があったとしても、その用事が終わったら、さっさと帰るのがいいのだ。長《なが》っ尻《ちり》をして話しこんだりするのは、迎える側にとってはわずらわしく、面倒なものなのだから——。

〝むつかし〟は、古語では、不機嫌である、うっとうしい、見苦しいなどの意味。ここでは、応対が面倒だという意味になる。ここには、兼好さんのいつわらぬ心情がよくうかがえる。どうして来客がいやなのか。彼はまた、その心情を分析してみせる。

人と向《むか》ひたれば、詞《ことば》おほく、身《み》もくたびれ、心もしづかならず。よろづの事障《さは》りて時を移す、たがひのため益《やく》なし。いとはしげに言はんもわろし。心づきなき事あらん折《をり》は、なかなかその由《よし》をも言ひてん。

人と対座していると、どうしてもいろいろ話さなければならないし、しぜんに口数《くちかず》も多くなるものだから、体も疲れ、聞きたくないような話に心を乱されたりもする。おまけに、予定していたこともできずに、時間が無駄になる。主《あるじ》にとっても客にとっても、おたがいによいことはない。かといって、訪問をいやがっているようすを見せながら話を続けるというのも、あまりほめられたことではないだろう。気乗りがしないときには、いっそのこと、その理由をはっきり相手に告げたほうがいい――。

ここは、兼好さんの心の内部が、作家らしいこまやかな筆で覗《のぞ》かれていて、おもしろい。読者の私たちもおなじような体験をもっているので、よくわかり、親しみをもてる段だ。

現代では、電話のマナーにも感じられるようなことである。たとえば、こんな電話のやりとりを想像してみよう。

「○○さん、お元気?」と、知人から久しぶりに電話がかかってくる。

「まあ、久しぶりね。元気よ。あなたは?」と言うと、その知人は、「それが、元気ではないのよ」と、まず自分の不調を訴えることにはじまり、近況に及び、友達の噂《うわさ》にも広がり、延々と続き、切れめなし。なぜ電話をかけてきたか、その目的もわからない。まさに〝さしたる事なくて〟である。

ちょうど買物に出かけようとしていたあなたは、困ったなあ、とは思いながら、いかにも迷惑そうな声で聞くわけにもいかず、さりとて、いまさら「じつは、いまから出かけるところなので……」とも言えない。かかってきたときに、さっさと言えばよかったのだが、「いま、お話ししていいかしら」という問いかけもなかったので、言い出すチャンスを逸《いっ》してしまったのだ。

やっと、言葉の切れめをみつけて、「じつは、出かけるところだったの」などというと、先方は明らかに不機嫌な声になり、「あら、そうなの。失礼いたしました」と、プツンと切ってしまう。

先日、わが教室の若い生徒の一人に、この話をして、

「おなじような経験はない？」と訊《き》いてみると、

「ありますよ。だいぶ前ですが、教室に出かける前にかかってきた電話が長くて、話の切れめもなくて、イライラしながら、だいぶつきあったなあと、思いきって『じつは出かけるので』と言ったら、パッと切られて、それ以来ずっとかかってきません」

あらためて思うのだが、ほとんどのプライベート電話の第一声に、「いま、お話ししてよろしいかしら」と言うのは、守るべきマナーではなかろうか。

さて、この第百七十段はおもしろいことに、このあと、ふっと論調が変わる。今度は困った客ではなくて、なんと好ましい客の話になるのである。それも、自分が客になった場合なのだ。

好ましい客

おなじ心に向《むか》はまほしく思はん人の、つれづれにて、「いましばし。今日《けふ》は心しづかに」など言はんは、この限《かぎ》りにはあらざるべし。阮籍《げんせき》が青き眼《まなこ》、誰《たれ》もあるべきことなり。

おなじような心をもっていて、いつまでも向かいあって話していたいと思う人が、暇で、「もうしばらくいてください。今日は静かにお話ししましょう」というような場合は、例外で、長くいてもいいだろう。阮籍は、好きな人が来たときは、好意に満ちた青い眼で迎えたというが、それは誰にでもあることである――。

最初に紹介した第十二段の言葉、〝おなじ心〟が、また、ここにも出て来た。

「青眼《せいがん》」とは、親しい人に対する目つき。反対に、きらいな人に対する目つきは「白《はく》眼《がん》」という（たとえば、「白眼視」などというように）。阮籍は中国、晋《しん》の時代の人で、竹林《ちくりん》の七賢《しちけん》の一人。自分の好きな人が来たときには青眼で迎え、もったいぶった礼儀にうるさい人が来たときには白眼で迎えたという。

兼好は、ここでまた、自分のもとに、心許しあえる心の友が来た場合を考える。

その事《こと》となきに、人の来たりて、のどかに物語《ものがたり》して帰りぬる、いとよし。

ここの〝人〟こそ、〈おなじ心の友〉である。その友が、これという用事もないのに、フラリとやってきて、心のどかに、あの物語、この物語を話して帰っていく。そんな場合は、愉《たの》しさの余韻が、のちのちまで濃く残って、ほんとうにすばらしい――。

〝いとよし〟とは最高の賛辞。〝さしたる事なくて、人のがり行くは、よからぬ事なり〟と言いきっておきながら、その人が真実の友だと、これほど印象が違うのである。「それが人間、それが人情というものだよ」と、したり顔で言う、兼好さんの顔が浮かぶ。

一般論から書きおこし、最後は〈おなじ心の友〉の話で結ぶ。筆のおもむくまま、心の流れゆくまま、廻《まわ》り舞台のように、くるり、くるり、と場面も移っていく。それが随筆というもののおもしろさでもあろう。

そしてまた、手紙についてもおなじ。

また、文《ふみ》も、「久しく聞えさせねば」などばかり言ひおこせたる、いとうれし。

また、手紙も「長い間さしあげませんでしたので」などとだけ書き、ほかに頼みごとなど、特別の用件もないのは、大変うれしい――。

まさに青い眼の阮籍である。こうしてこの段は、最初の〝さしたる事なくて、人のがり行くは、よからぬ事なり〟のかなり厳しいきめつけとは対極の、のどかな感じで終わる。最初の文の文末が〝いとむつかし〟なのに対し、終わり二つの文末は〝いとよし〟〝いとうれし〟なのにご注目。兼好さんの気分は、筆のままに、いつか愉《たの》しさの色に染め変えられていっているのだ。

もしかしたら、最初に紹介した第十二段の頃の兼好さんは、まだ年も若く、孤独で、友達も少なかったではないだろうか。そして、だんだんと年を重ねるにつれて、心も練れ、友達もでき、恋もし、人柄に深さが添ってきて……。

第十二段から第百七十段へと移り変わる間に、歳月の重みがあるかも、と推測するのも、おもしろい。

自筆の手紙がいちばん

手紙といえば、こんなおしゃれなエピソードも。

雪のおもしろう降《ふ》りたりし朝《あした》、人《ひと》のがり言ふべき事《こと》ありて、文《ふみ》をやるとて、雪のこと何《なに》とも言はざりし返事《かへりごと》に、「この雪いかが見ると一筆《ひとふで》のたまはせぬほどの、ひがひがしからん人の仰《おほ》せらるる事、聞き入《い》るべきかは。かへすがへす口《くち》惜しき御心《みこころ》なり」と言ひたりしこそ、をかしかりしか。今は亡《な》き人なれば、かばかりのことも忘れがたし。——第三十一段

雪が趣深い感じに降った朝、ある人のもとに伝えなければならないことがあって、手紙をやったときのこと。雪についてはなんとも書かなかったのだが、その手紙の返事に、「今朝の雪をどう感じ、どう思われましたか、と、ただの一筆もお書きにならないほど、センスのからっきしない変人のおっしゃることなんか、聞いてあげること

なんかできませんよ。何べん考えても情けないのは、あなたのお心ですよ」とよこしてきたのは、じつに魅力的なことだった。その人は、いまは亡き人。だからこそ、こんなささやかな思い出も忘れることができなくて、思い出しては胸を熱くしているのだよ——。

「なんというカナヅチ頭。これっぽっちのセンスもないのね。そんな人の頼みごとなんて聞けるわけがないでしょう」といったところか。なんだか愛想づかしのようなこの返事を、〝をかしかりしか〟と愛《め》でているのはなぜか。それは相手が〈おなじ心の人〉だからである。

おそらく相手は女性であろう。それも、心の波長のぴったり合う、ほのかに恋も感じられる人。だからこそ、相手からいくらピシピシやっつけられても、そのなかに、愉しいやんちゃさ、かすかな甘えもかぎとれて、兼好さんは、機知《ウイット》があるなあと惚《ほ》れ直しさえしたのだ。

しかも、その人はもはやあの世の人。好ましい手紙友達であったろう〈まめやかの心の友〉の思い出はさらに昇華されて、彼の胸にとどまる。

兼好さんは手紙魔でもあった。手紙を、書いて、書いて、書きまくれ、とアドバイスする彼の言葉がある。短い短い段である。

手《て》のわろき人の、はばからず文《ふみ》書きちらすはよし。見《み》ぐるしとて、人《ひと》に書かするはうるさし。——第三十五段

字の下手な人が、下手なことなど気にもかけず、どんどん手紙を書くのは、いいことである。しかし、自分の字が下手でみっともないといって、代筆を頼んだりするのは、かえって感じがわるい——。

〝手のわろき人〟とは、字の下手な人。〝うるさし〟とは、ここでは「感じが悪い、不愉快だ」という意味。

人に代筆を頼んで、かっこよく見せようとするのは、いろいろとこまかく気を遣っているその心が面倒くさく、不愉快でさえある、という気持ちが〝うるさし〟という言葉になったのだろう。

兼好さんは、相手が自分に気を遣って、あれこれと手を尽くす、そのプロセスがまるわかりになるのを、とてもセンスのわるいことだと思っている。「もっとシンプル

な心でいようよ、素直な心で教養を積んでいけば、しぜんと心くばりがあふれるのだから」と、いいたいのである。

ここの〝書きちらす〟は、「乱暴な筆遣いでいいかげんに書く」ことでは、けっしてない。「ためらわず、どんどん書く、書きまくる」という、いさぎよい、前向きの明るい態度をいうのである。

「字が下手だから」とか、「筆無精だから」と、自分で自分をきめつけて、手紙をさっぱり書かない人がある。それは大変惜しいことだ。

字の上手、下手よりも、ていねいに書くか、書かないか、が問題なのだ。文章についても、それはおなじ。ていねいに、ということを、いつも心に命じつづけ、字も文章も書きつづけよう。ずっと一生つづけて。

ほら、兼好さんも太鼓判を押してくれている。〝文書きちらすはよし〟と。

「前向きの心で書きつづけることによって、〈おなじ心の友〉も得られるよ」と、彼が言ってくれるのだと信じて。

第三十五段の短い短い文章の持つ含蓄《がんちく》は深いのだ。

12 教養とセンスある生きかた

ただ朝夕の
心づかひによるべし。

兼好さんがあこがれていたのは、王朝の雅びでした。『源氏物語』や『枕草子』といった世界に、深い美意識を見ていたのです。そのひとつが、目に見えないところでの心用意の数々。来客があるから、とか、人の目があるから、ではなく、朝夕の心づかいこそ大切。その心づかいが積もり積もって教養となり、ある日ふとこぼれ出て光るのだ、と、兼好さんは説きます。センスとは、人に見せるパフォーマンスではない、自分で自分を律する心づかいなのです。

朝夕の心づかいが教養をつくる

鎌倉時代末期から南北朝時代にかけて、日本の動乱期を生きた兼好さんは、出家する以前の二十代、ひととき、公卿《くぎょう》の家に仕え、のちにその縁《ゆかり》で、後二条《ごにじょう》天皇の代《よ》に、蔵人《くろうど》、左兵衛佐《さひょうえのすけ》として宮仕えしたと推定されている。

青春時代のこの体験に加え、〈見ぬ世の友〉ともいうべき清少納言や紫式部などの著した書物を深く味読することによって、彼は終生、王朝の美意識への見果てぬ夢を抱きつづけていたと思われる。

「九月廿日《ながつきはつか》のころ、ある人にさそはれたてまつりて……」と書き出された第三十二段は、小品ながら、王朝の雅びにあふれた名文である。まずは、私の現代語訳から……。

九月二十日といっても、陰暦のことだから、もう晩秋の、ある夜。さる身分の高いかたからお誘いをいただき、夜が明けるまで月を見て歩きまわったことがあった。そのかたが、途中でふっと思い出された所があって、従者に取り次ぎをさせて、その家に入っていかれた。夜露がびっしょりおいている荒れた家には、急ごしらえで焚《た》いたとは思えない、香《こう》のかおりがしっとりと漂っている。人目に立たぬように、ひっそりと住んでいるこの家のあるじの心もしのばれるような、感じのよい家である——。

ある高貴な男性が、昔なにかの縁を持った女性がこの近くに住んでいることをふと思い出して、思い出話でもしようと訪れた、という風情である。では原文で読んでみよう。端正で品のある文章である。


九月廿日《ながつきはつか》のころ、ある人にさそはれたてまつりて、明《あ》くるまで月《つき》見ありくこと侍《はべ》りしに、おぼしいづる所《ところ》ありて、案内《あない》せさせて入《い》り給《たま》ひぬ。荒れたる庭《にわ》の露《つゆ》しげきに、わざとならぬ匂《にほ》ひ、しめやかにうちかをりて、しのびたるけはひ、いとものあはれなり。——第三十二段

続きも、現代語訳→原文という順番で紹介していこう。

さて、その身分高きかたは、程のよい時間に出てこられ、お帰りになったが、私（兼好）は、まだその家のようすが優雅に名残惜しく思われて、物かげから、ちょっとの間、見ていた。すると、その家の女あるじは妻戸《つまど》をすこし押しあけて、月を眺めてい

るようすだ。お客を送ったあと、すぐにピシャリと掛け金をかけて、部屋に入ってしまったなら、さぞがっかりだったろう。客の去ったあとの自分のようすを、ひそかに見ている人がいようとは、その人は知るはずもない。こうしたゆかしい振る舞いは、急ごしらえでできるはずはなく、ただ平素の心がけの積み重ねによるものにちがいない。その女の人は、まもなく亡くなったと聞いてはいるが――。

よきほどにて出《い》で給《たま》ひぬれど、なほ事《こと》ざまの優《いう》におぼえて、物のかくれよりしばし見ゐたるに、妻戸《つまど》をいま少しおしあけて、月《つき》見るけしきなり。やがてかけこもらましかば、口惜《くちを》しからまし。あとまで見る人ありとは、いかでか知らん。かやうの事は、ただ朝夕《あさゆふ》の心づかひによるべし。その人、ほどなく失《う》せにけりと聞き侍《はべ》りし。

〝やがてかけこもらましかば〟の〝やがて〟は古文では「すぐに」の意味であることにご注意を。おそらくは何年も前の、月見の日の忘れがたいエピソードである。このなつかしい女性の家のようすやその振る舞いを、もう一度こまかく分析してみると、いろいろなことに気づく。

まず晩秋の夜の庭に漂う香のかおり。それは客を迎えてのことさらのあしらいではなく、平素のたしなみである。ほのかな自然の香りのなかに、この家の女のあるじの、わび住まいのなかにもおしゃれを忘れない生きかたが偲《しの》ばれる。

その暮らしのセンスは客を送ったあとの振る舞いにも光る。妻戸の開けかたはいますこし。ほんのちょっと開いて、月を眺めるていで、客をさりげなく見送る。いつまでも後ろ姿を見送られている気はずかしさやプレッシャーを客に感じさせない賢さなのだ。兼好さんは、この種の押しつけがましさのない、やわらかな心が大好きだ。男の足が遠のいたことをぐちったり、皮肉ったりせず、〝仕丁《じちやう》やある、ひとり〟と言ってよこした女（七十八ページ参照）もそんな心の持ち主だった。

やわらかな、上等の心は、一朝一夕には養えない。長い時間をかけて、育て、磨いてきた〝朝夕の心づかひ〟が、あるとき、ふとしたそぶりにこぼれ出て、積みあげてきた教養の片鱗《へんりん》を見せるのだ。

ゆかしいその人は、それからまもなく世を去ったと噂《うわさ》に聞いたけれど、妻戸をすこし開けて月を見た女人《にょにん》は、彼の追憶のなかで、美しい映像として定着したにちがいない。

このエピソードは現代でもりっぱに通用する。

客が玄関を出るやいなや、すぐにカチッと鍵をかけ、パッとテレビの大音声《だいおんじょう》を響かす、というような人はいないだろうか。そうかといって、列車の出るまでホームに立って送る人にまじまじと見つめられ、なかなか発車しないあの何分間も、ちょっと気はずかしい気分である。とりわけ、別れるときの間《ま》のとりかたはむつかしいものだ。

こう考えてくると、「月見るけしきで、さりげない見送り」――これは至芸である。なんてセンスのいい女だ、とうなった兼好さんもまた、若いときから「よき人」を見習っては自分を律してきた人なればこそ、その芸に拍手を送れるのである。

これぞ古典の味わいかた

さて、次もまた、王朝絵巻の一場面のような、そのあでやかさに酔わされる名文のご紹介である。「春の暮つかた」からはじまる第四十三段。

精密な描写を重ね、ゆったりとしたテンポで艶《えん》な風景を書きおさめた、その巧者《こうしゃ》ぶりにとくとご注目。原文をていねいに踏みしめながら、読み進んでみよう。

春の暮《くれ》つかた、のどやかに艶《えん》なる空に、いやしからぬ家の、奥ふかく、木立《こだち》ものふりて、庭に散りしをれたる花、見過《みす》ぐしがたきを、さし入《い》りて見れば、南面《みなみおもて》の格子《かうし》みなおろして、さびしげなるに、東に向きて妻戸《つまど》のよきほどにあきたる、御簾《みす》の破《やぶ》れより見れば、かたちきよげなる男《をとこ》の、年廿《としはたち》ばかりにて、うちとけたれど、心にくくのどやかなるさまして、机の上に文《ふみ》をくりひろげて見ゐたり。いかなる人なりけん、たづね聞かまほし。——第四十三段

晩春の頃、のんびりとして、なんともいえずほのぼのとして趣深い空のもと、相当な身分の人の住むと思われる、ある家の前を通りかかった。奥深く繁《しげ》る木々もどことなく年代が感じられ、庭に散り萎《しお》れている桜のはなびらにも心惹《ひ》かれるものがあり、足をとめてちょっと入りこんでみた。南正面の格子《こうし》はみんなおろして、閑寂《かんじゃく》という感じだが、東を向いた妻戸はおあつらえ向きに開いている。そこにかかった御簾の隙間《すきま》から、そっとのぞいてみると、年の頃は二十くらいの美しい、若い男が、くつろいではいるが、どこか奥ゆかしく、ゆったりした風情で、机の上に書物をひろげて見ている。いったい、どういう青年だったのだろう。知らぬ家、知らぬ人ながら、いまでも

あの光景は目に焼きついている。もう一度、あの家を訪ねて、聞いてみたいと心のなかで思っている——。

先ほどの「九月廿日のころ」と、この「春の暮つかた」。この二つの小品には、相似点がいくつかある。

まず、王朝のエレガンスへのあこがれや、ほれぼれと描きこんでいく筆致《ひっち》のこまやかさ。そして、その舞台のなかのいちばん大事な部分は妻戸である。妻戸が鍵《キイ》になって、それぞれ魅力あふれる女と男を描きだすのだ。

結びの余韻もなんと似ていることか。

〝その人、ほどなく失せにけりと聞き侍りし〟

〝いかなる人なりけん、たづね聞かまほし〟

いずれも、追憶の彼方のよき人への縹渺《ひょうびょう》としたあこがれの気分がせつなく後《あと》を曳《ひ》く。

さらに言えば、これはほんとうにあったことか。作者の体験したできごとを芯《しん》にして、作劇された虚構の、夢の情景ではなかろうか、とさえ思われるのだ。

ここで、もう一歩進んで、「春の暮つかた」の段を深く味わってみることにしよう。

時は晩春。のどかな空のもと、ふと目にとまった趣ありげな邸《やしき》。最初はすこし遠景である。次に、作者はその邸に近づき、〝木立ものふりて〟という景色を目の前に見る。さらに〝散りしをれたる花〟を見過せなくて、庭のなかをのぞきこんだ。そして、最後に、読書する男にまで、その好奇心にあふれる視線は届くのである。視線が広いところから、だんだん狭いところに移っていき、最後は美しい男に集中する。作者の足も目も心も、次々に動いていくところが、なんともいえずおもしろい。

そして、作者と一緒に読者もまた動く。作者は心のなかでおもしろがりながら、読者を最後のシーンまで連れていくのである。

いくつになっても五感をとぎすませて

作者が動きながら、私たち読者をその世界に連れていってくれるといえば、この段のすぐあとに続く第四十四段、これこそまさに、兼好さんのあこがれる王朝世界へと誘われる、出色の段である。

これは、直ちに原文から入っていくのが、最高の味わいかたといえよう。これまでの第三十二段、第四十三段は、ともにゆったりと言葉を吟味しながら、ていねいに書き進んだ文章だった。この第四十四段はその特色がさらに濃い。読者もまた、そぞろ歩きのようなゆっくりテンポで、声を出して読んでみていただきたい。

あやしの竹の編戸《あみど》のうちより、いと若き男《をとこ》の、月影《つきかげ》に色あひさだかならねど、つややかなる狩衣《かりぎぬ》に濃き指貫《さしぬき》、いと故《ゆゑ》づきたるさまにて、ささやかなる童《わらは》ひとりを具《ぐ》して、遥《はる》かなる田《た》の中《なか》の細道《ほそみち》を、稲葉《いなば》の露にそぼちつつ分け行くほど、笛を、えならず吹きすさびたる、あはれと聞き知るべき人もあらじと思ふに、行かん方《かた》知らまほしくて、見送りつつ行けば、笛を吹きやみて、山のきはに惣門《そうもん》のあるうちに入《い》りぬ。

――第四十四段

すぐにおわかりになったと思うが、この段は、登場人物――それも魅力たっぷりの登場人物がまず動くのだ。動くその人に惹かれて、兼好さんもついて動く。そして、読者もまた、その筆に導かれて、ついていくのである。

季節は秋。「九月廿日のころ」とおなじく晩秋の、月のある夜。粗末な竹の編戸から大変若い男が出てきて、月の光では色合いがはっきりわからないが、光沢のある狩衣に濃い紫の指貫をはき、なんだか大変由緒ありげなようすで、お供に童《わらわ》（後世のお小姓《こしょう》のような役どころ）を連れて、はるかに続く田のなかの細道を、稲葉の露に濡《ぬ》れながら行くその道中、笛をなんともいえないほど上手に、楽しげに吹き鳴らしていく。その音色のよさを聞き分けてくれる人もいないだろうと思うにつけても、若い男がいったいどこに行くのか、知りたくて、そのまま目を離さずに、あとをつけていくと、笛を吹きやめて、山の麓《ふもと》に外構えの大きな門のある邸に入っていった——。

その邸は、貴族の山荘のようなものであろうか。男がまるで吸いこまれるように入っていったその庭を兼好さんは見渡す。この段では、笛の男が兼好さんを連れていく案内役をつとめているのである。

榻《しぢ》に立てたる車の見ゆるも、都よりは目とまる心地《ここち》して、下人《しもうど》に問へば、「しかしかの宮《みや》のおはしますころにて、御仏事《おほんぶつじ》など候《さうら》ふにや」といふ。

牛車《ぎっしゃ》から牛を取り外して、車の柄《え》を榻《しじ》という台に立ててある車が見える。都では珍しくもない光景だが、こんな山麓《さんろく》のお邸では目につく。そこで好奇心のままに、車の脇に控えていた僕《しもべ》にたずねた。「お邸でなにかお催しでも?」するとと僕はこたえて、「これこれの宮様がこちらにご滞在で、御法事などでもございますのでしょう」という——。

兼好さんの目はさらに邸内の御堂《みどう》のほうに注がれる。

御堂《みだう》のかたに法師《ほふし》どもまゐりたり。夜寒《よさむ》の風に誘はれくるそらだきものの匂《にほ》ひも、身にしむ心地《ここち》す。寝殿《しんでん》より御堂《みだう》の廊《らう》にかよふ女房の追風用意《おひかぜようい》など、人目《ひとめ》なき山里ともいはず、心づかひしたり。

御堂のほうには、坊さんたちが参上している。夜寒の風に誘われて香ってくるそらだきものの匂いも、しみじみと身に沁《し》むような気がする。寝殿から御堂に通じる廊下に行き来する女房たちの、通り過ぎたあとによい香が漂うように、といった優雅な身だしなみ。誰ひとり見る人もない、こんな山里にもかかわらず、けっして手も心も抜かず、ていねいな心くばりを忘れていないのである——。

「そらだきもの（空薫物）」とは、来客のときなどに、どこからともなく匂ってくるように焚《た》く香《こう》のこと。「追風用意」とは、人が通り過ぎたあと、よい香りの漂うように、衣類に香を焚きしめておくことである。

誰も見る人はないと思って行なった、妻戸から月を見る風情のさりげない見送り。誰も聴く人はないと思い、笛を吹きすさんで田のなかの細道を行く若い男。そして、人気のない山里なのに、「そらだきもの」や「追風用意」をしている女房たち。

センスとは、けっして人に見せるためのパフォーマンスではない、自分で自分を律する〈朝夕の心づかい〉なのである。

そして、最後はまた、作者の目はあたりの情景に広く注がれていく。ここにもまだ漂ってくる香のかおりのなかに立って。

心のままに茂《しげ》れる秋の野《の》らは、おきあまる露にうづもれて、虫の音《ね》かごとがましく、遣水《やりみづ》の音のどやかなり。都の空よりは、雲の往来《ゆきき》もはやき心地《ここち》して、月の晴《は》れ曇《くも》る事さだめがたし。

思う存分、という感じで茂りに茂っている秋の野原は、びっしょりと置いた露にうずもれて、虫の鳴き声は何かを恨んでいるように聞こえ、庭を流れる遣水《やりみず》の水音はのどかだ。都の空にくらべて、ここでは雲の往来も早いような気がして、月も晴れたり曇ったりして、定めなく変化している——。

この最後のシーンは静かに澄みきっていて、心も洗われるようだ。しかし、ただのさびしい秋の野原ではない。かすかに聞こえてくる遣水の音。ここに人なつかしさがひとすじ流れる。空ゆく雲。月の照り翳《かげ》り。最後の最後まで、余韻が残る。

最初のシーンからここまでを、もう一度読み返してみると、作者の好奇心が作者自身を連れまわしていることがよくわかる。好奇心のままに、笛を吹く男のあとをつけていった作者は、山裾《やますそ》のお邸にたどりつく。そこで、さらにまた趣深い情景を目にし、彼の好奇心は予期した以上に満足させられる。その満足の気分が、〝心のままに茂れる秋の野らは〟からの抒情《じよじよう》世界に結晶しているのだ。

三つの段を通して強く感じるのは、冴《さ》えに冴えている作者の感覚である。

ことに、〝あやしの竹の編戸のうちより〟よりはじまる第四十四段は、まさに感覚総動員といいたいほどだ。視覚は、竹の編戸、若き男、つやのある狩衣、濃紫の指貫、お供の童、田のなかの細道、稲葉の露、山、惣門、榻《しじ》に立てた車、僕《しもべ》、法師、女房、秋の野、雲、月。なんと細部までことこまかく描かれていることか。兼好さんは言葉で一巻の絵巻物を描いてみせたのである。

聴覚は、まず笛の音、僕《しもべ》との会話、虫の音、遣水の音。嗅覚は、そらだきものの匂い、追風用意。しかも、稲葉の露、夜寒の風、と触覚さえも感じさせる。

このような感覚抜群の文章は、読む側の私たちも五感を鋭く立てて、文のうまさを充分に読み味わいたい。いつまでも、みずみずしく若々しく、頭も衰えさせずに生きぬくためには、五感を冴《さ》えさせておくことこそ、何より大事なことだと、最近の脳科学も言っている。

徒然草も、古典だからといって、ただ表面だけを撫《な》でるように読んだり、文法ばかり気にしたりするのは、つまらない読みかた。どうか、五感を使ってゆっくり深く味わい、作者の気持ちと呼応しながら読んでいってほしい。

五感すべてを開放して、作者と喜びを共有してこそ、本物の教養ある読者となれるのだから……。

13 人はみな、さびしいのだ

人のなきあとばかり
悲しきはなし。

兼好さんは徹底したリアリスト。恋の別れ、死別の悲しみを、身に沁《し》むような名文で説きながら、しかし、そのさびしさもやがて、時が洗い流してくれると、語ります。死者は生者の思い出のなかで生き、やがて忘れられていったときこそが、ほんとうの死。最後には、墓も朽ちて、体も土に返り、自然に戻っていくのだ、と。彼の教訓はもうひとつ。「死後にいろいろと物を残すな。もし人にあげたいなと思うものがあったら、生きているうちに譲っておけ」ということ。耳の痛い言葉の背後に感じるのは、やはり〈存命《ぞんめい》の喜び〉であり、最期の日まででていねいに生きぬこう、という彼の持論なのです。

恋の別れのさびしさ

徒然草全巻を読み直してみるたびに、なんだか、さびしさが身にしみ、気になってたまらない段があった。そのさびしさを解きほぐし、つきつめてみたい思いが、いつも尾を引いていた。第二十六段。むつかしい段である。まずは原文で。

風も吹きあへずうつろふ人の心の花に、なれにし年月《としつき》を思へば、あはれと聞きし言《こと》の葉《は》ごとに忘れぬものから、わが世《よ》の外《ほか》になりゆくならひこそ、なき人の別れよりもまさりて悲しきものなれ。――第二十六段

サッと読んだだけでは、すんなりと意味が通らない。そのはずだ。書き出しの〝風も吹きあへずうつろふ人の心の花に〟の背後にも、『古今和歌集』の歌が二首も隠れているのだから。

一首は、巻二「春歌」の紀貫之《きのつらゆき》の歌。「桜のごと、とく散る物はなし、と、人の言

ひければよめる」（桜のように早く散る物はありません）とある人が言ったので詠んだ歌として、

桜花《さくらばな》とく散りぬとも思《おも》ほえず人《ひと》の心ぞ風も吹きあへぬ

――桜は風に誘われて散るが、人の心の花ときたら、風も間に合わないほど、早く散ってしまう。人の心の移り変わる早さを、桜よりも早いと嘆いている。

もう一首は、巻十五「恋歌」にある小野小町《おののこまち》の歌。

色《いろ》見えでうつろふものは世《よ》の中《なか》の人の心の花にぞありける

――花はその色があせてゆくのが見えるけれども、人の心は、色あせてゆくその変化も気づかないうちに、さめていくことよ。〈人の心の花〉とは、恋ごころのことである。

もう、おわかりだろう。〝風も吹きあへずうつろふ人の心の花に〟という兼好さんの言葉には〝人の心ぞ風も吹きあへぬ〟と〝うつろふものは……人の心の花〟という二つの歌のなかの言葉が絶妙に繋《つな》がれているのである。

そこで、この原文の意味は――。

風も吹き過ぎぬうちに、花より早く、さっと散り過ぎる恋ごころ、色も変えずにさめてしまうのも恋ごころ――馴《な》れ親しんでいたあの頃を思うと、身に沁みて聞いた言葉の一つひとつのどれも忘れられないのに、恋の相手は、いつのまにか、自分とはまったく別世界の人になっていく。それが恋のならわしというものだろうが、こうした恋の別れは死別にもまさって悲しいものだ——。

さらにこれに続く文が、またむつかしい。

されば、白き糸の染《そ》まんことを悲しび、路《みち》のちまたの分《わ》かれん事《こと》を嘆《なげ》く人もありけんかし。堀川院《ほりかはのゐん》の百首《ひやくしゆ》の歌の中《なか》に、

むかし見し妹《いも》が墻根《かきね》は荒れにけりつばなまじりの菫《すみれ》のみして

さびしきけしき、さること侍《はべ》りけん。

白い糸を見ては、それが何色かに染められることを悲しみ、一本の路を見ても、それがやがて分かれていくことを嘆く人もあったとか。「堀川院《ほりかわいん》の百首」の歌のなかに、「昔、通《かよ》った女の垣根はいまはすっかり荒れはててしまった。ただチガヤの花まじりに菫が咲いているだけで……」という歌があるが、そのさびしい景色は、実際にそういうこともあったのだろう。その気持ちはよくわかる気がする——。

「堀川院の百首」とは、藤原公実《ふじわらのきんざね》、大江匡房《おおえのまさふさ》など、堀河院の側近、十六人の歌人が、百の題について一首ずつ、都合ひとり百首を詠《よ》み、堀川院に奉ったものである。

ここにもまた、兼好さんの深い学識が香っている。

〝白き糸〟〝路のちまた〟。これらは中国・唐時代の子ども向けの教科書『蒙求《もうぎゅう》』にある話である。それによれば、墨子《ぼくし》（春秋戦国時代の思想家）は、白い練糸《ねりいと》が黒くも赤くも染まることを見て悲しみ、楊子《ようし》（戦国時代の思想家）は路のちまたを見て、路が南や北に分かれていくことを思い、大声をあげて泣いたという。二人とも、糸や路を人の心になぞらえ、心変わりや別れを嘆いたのである。

〝風も吹きあへず〟のこの段は、古今東西の古典を織りこんだ、難解な文章である。だが、その古典を抽《ぬ》き出し、解きほぐし、意味がよくわかってくると、私には、徒然草のなかで一番と思われるほどのロマンティックな段に思える。「織りこんだ」というよりも、「溶かしこんだ」とか、「しみこませた」といったほうがいいだろう。

あらためて思うのは、古今東西の書を〈見ぬ世の友〉とした兼好さんの筆のみごとさである。この段も、いくつかの和歌のほかに、漢文だって取り入れてあるのに、ちっとも生硬《せいこう》なところはなくて、耳に快いやわらかい文章に仕立て上げられている。

恋褪《こいざ》めどころのやるせなさが、この段には重層的にしみこませてあり、しかも、文の流れの悲しげなリズムもあって、読み返すたびに、私はさびしい気持ちになったのだろう。

それにしても、「堀川院の百首」という合計千六百首の歌のなかから、藤原公実の歌を選び出して、〝昔の恋〟の焦点にした兼好さんのセンスもすごい。繰り返し読めば読むほどに、忘れられない段である。

死別の悲しみ

さて、恋の別れもつらいものだが、死によって愛する人と引き離される、その悲しみは、いかばかりだろうか。

第三十段「人のなきあとばかり悲しきはなし」を、気持ちを据えて読んでみよう。

人のなきあとばかり悲しきはなし。中陰《ちゆういん》のほど、山里などにうつろひて、便《びん》あしく狭《せば》き所にあまたあひ居《ゐ》て、後《のち》のわざども営みあへる、心あわたたし。日数《ひかず》のはやく過ぐるほどぞ、ものにも似ぬ。果《は》ての日は、いと情《なさ》けなう、たがひに言ふ事もなく、我《われ》かしこげに物ひきしたため、ちりぢりに行きあかれぬ。もとの住《す》みかに帰りてぞ、さらに悲しき事は多かるべき。――第三十段

人が亡くなったあとほど、悲しいことはない。中陰《ちゆういん》の四十九日の間（人が死んで、次の生を受けるまでの四十九日間）は、山里の寺などに移り、不便で狭いところに大勢の人が寄りあって、死者の冥福《めいふく》を祈るための仏事などをいろいろ執り行なっているのは、なんだかとても気ぜわしい。日にちがあっという間に経《た》っていって、その早さはたとえようもない。中陰の終わる四十九日目には、みんな疲れはてていて、すげなく、おたがいに言葉もかわすこともせず、われがちに荷物をまとめて、ちりぢりに出ていく。亡くなった人と住んでいた家に帰ってからのほうが、いまさらのように悲しいと思うことは多いにちがいない――。

中陰の間は親類・縁者が大勢集まって、山寺にこもり、定められた仏事を次々に型どおりにこなしていくのが、当時の風習だった。おきまりの方式、おきまりの言葉、タブーなどもいろいろあり、体も心も疲れたことだろう。別れる日にはみな口もきか

ない、というのも、目に見えるようだ。ようやく一連の形式的儀式を終えてわが家に戻り、もとの生活がふたたびはじまると、愛する者を失った現実がくっきりと見えてきて、人はそのとき、真実の涙をひそかに流すのだ。

しかしそれも、やがて時が洗い流していくのだと、兼好さんは淡々と語る。

（中略）年月《としつき》経ても、つゆ忘るるにはあらねど、去る者は日々《ひび》に疎《うと》しと言へることなれば、さはいへど、その際《きは》ばかりは覚えぬにや、よしなしごと言ひて、うちも笑ひぬ。からは、気《け》うとき山の中《なか》にをさめて、さるべき日ばかり詣《まう》でつつ見れば、ほどなく、卒塔婆《そとば》も苔《こけ》むし、木《こ》の葉《は》ふり埋《うづ》みて、夕《ゆふべ》の嵐《あらし》、夜《よる》の月のみぞ、こととふよすがなりける。

年月が経っても、すこしも忘れるということはないのだが、「去った者は日が経つにつれて疎遠になる」という言葉があるとおり、忘れないとは言いながらも、亡くなった直後ほどは悲しみを感じなくなるのだろうか、たわいないことなど言って笑ったりする。なきがらは人気《ひとけ》のない山のなかに葬って、命日といったような日だけお詣《まい》りして、という日々を過ごしているうちに、まもなく墓の上に立てた石の塔にも苔《こけ》がつき、降りかかる木の葉がそれを埋《うず》めて、折々訪れるものといえば、やがて、夕べの嵐や夜の月だけ、ということになるのである――。

思ひ出《い》でてしのぶ人あらんほどこそあらめ、そもまたほどなく失《う》せて、聞き伝ふるばかりの末々《すゑずゑ》は、あはれとやは思ふ。さるは、跡《あと》とふわざも絶えぬれば、いづれの人《ひと》と名《な》をだに知らず、年々《としどし》の春の草のみぞ、心あらん人はあはれと見るべきを、はては、嵐《あらし》にむせびし松《まつ》も千年《ちとせ》を待たで薪《たきぎ》にくだかれ、古き墳《つか》はすかれて田《た》となりぬ。そのかただになくなりぬるぞ悲しき。

亡くなった人を思い出して偲《しの》んでくれる人がいるうちはいいが、そんな人たちも、まもなく死んでゆく。故人のことを聞き伝えに聞くといった程度の子孫たちは、たとえ聞いても、しみじみ感じてくれるかどうかわからない。そういうわけだから、やがて菩提《ぼだい》を弔う法事なども絶えてしまうと、その墓が、どこの誰のものかさえわからなくなってしまう。墓のまわりに毎年春になると生える草を見て、心ある人は、人の命のはかなさをしみじみと感じることであろう。最後は、昔の漢詩にあるように、嵐に吹かれてむせび泣いていた松も、千年の寿命も待てず、くだかれて薪となり、古い墳《つか》は鋤《す》き返されて田となってしまうのだよ――。

この最後のあたりにそぞろ詩味を感じた人は、鋭い感性をもつ人だ。そう、兼好さんが、〝文《ふみ》は、文選《もんぜん》のあはれなる巻々〟と、〈見ぬ世の友〉の筆頭に置いた『文選』のなかに、その一節はある。

去る者は日に以《もっ》て疎《うと》く、来る者は日に以て親し。
郭門《かくもん》を出《い》でて直視すれば、ただ丘《きゅう》と墳《ふん》とを見る。
古墓犂《す》かれて田となり、松柏は摧《くだ》かれて薪となる。（下略）

この詩の心と、徒然草のここの文章とはぴったりと呼吸が合い、この詩を背景に、兼好さんは『文選』ばりの格調高い日本文をものしたのだ。

人の死後を語る兼好さんの筆は、リアリズムに徹している。それはむしろ、すがすがしいとさえ私には思える。

愛情をもって思い出してくれる人がいる間は墓参りもし、日常のなかでもなつかしく思い出を語ってくれるだろう。そんな人がいてくれる間は、亡き人はまだ死んではいず、愛してくれる人のなかでは生きつづけている。

だが、思い出してくれる人が誰もいなくなったとき、人は、ほんとうに死ぬ。そして最後には、墓も何もかたちを残さず、自然のなかに帰っていく。

この思いは、私をとても楽にさせてくれる。死後のことは、もう、生きている人の心に任せられると思えるのだ。墓に入ったら、夕べの嵐、夜の月、それらを友にして、生きていた日々を語ろう。そう思うとき、心はなんとも素直になれる。

死のことを、こうして達観して思い、死の側から、いま自分がこの世に生きていることを思うとき、その実存が、なんといとしく貴重なものに思えることか。死の側から照射し返すとき、この只今《ただいま》の生のすがたは、光をまとったものに思える。またしても兼好さんの言葉が、私に呼びかける。

存命《ぞんめい》の喜び、
日々《ひび》に楽しまざらんや。――第九十三段

生きて、生きることを楽しみ、愛し、まっすぐに生きぬき、生きこんで、命を終わりたい。いつもそう思う。

生き形見のすすめ

兼好さんは、その私にこんなことも言い聞かせてくれた。

身死して財《たから》残る事は、智者《ちしや》のせざるところなり。よからぬ物蓄《たくは》へ置きたるも、つたなく、よき物は、心をとめけんと、はかなし。こちたく多かる、まして口惜《くちを》し。「我《われ》こそ得《え》め」などいふ者どもありて、あとに争ひたる、様《さま》あし。後《のち》は誰《たれ》にと心ざす物あらば、生《い》けらんうちにぞ譲るべき。朝夕《あさゆふ》なくてかなはざらん物こそあらめ、その外《ほか》は何《なに》も持たでぞ、あらまほしき。――第百四十段

「死んだあとに財産を残すなんてことは、かしこい人のすることじゃないよ。くだらない物をたくさん残すと、へえ、こんな物とっといたのかとみっともないし、いい物だったら、これに執着しとったんだろうと、逆に命のはかなさが思われる。まして、

そんなものがゴチャゴチャ多いのは、もってのほかだよ。『おれにくれ』なんていう奴が出てきて、けんかになったりするのも、体裁がわるいことだ。死後、誰かにあげようというつもりの物があったら、生きているうちに譲っておきなさい。暮らしに必要な物だけは持たなくては仕方がないが、そのほかは、さっぱりと、何も持たないでいたいものだね」と、兼好さんは語る。

〝よからぬ物蓄へ置きたるも、つたなく、よき物は、心をとめけんと、はかなし。こちたく多かる、まして口惜し〟のくだりは、何度読んでも、ぎくっとする。

「児孫《じそん》のために美田《びでん》を買わず」とは、西郷隆盛の残した言葉だが、その六百年前に、兼好さんは、「あとあともめたりするのもいやだけど、なにより死ぬ当人がみっともない」と、言いきったのである。

私は耳が痛い。財産なんてないけれど、兼好さんのいう〝くだらない物〟は所狭しとある。要《い》らない物は捨てて、身辺をシンプルにしたいという願いをいつもかかえながら、その願いは夢に終わっている。

ただ、兼好さんの言葉を聞いて、実行していることはひとつある。〝生けらんうちにぞ譲るべき〟という言葉。私はこれを、〈生き形見〉と名づけることにした。

たいそうな財産などはないから、おもに洋服やアクセサリーだが、着てもらったり、つけてみてもらったりして、絶対に似合うと思い、相手も「ほしい」とおっしゃったとき、ふっとあげることがある。

生きていくことがいちばん大切

だが、ここで、もう一つ、第百三十八段をご紹介しよう。

「祭《まつり》過ぎぬれば、後《のち》の葵不用《あふひふよう》なり」とて、ある人の、御簾《みす》なるを皆《みな》取らせられ侍《はべ》りしが、色《いろ》もなく覚え侍りしを、よき人のし給《たま》ふ事《こと》なれば、さるべきにやと思ひしかど、周防内侍《すはうのないし》が、

かくれどもかひなき物《もの》はもろともにみすの葵の枯葉《かれは》なりけり

と詠《よ》めるも、母屋《もや》の御簾に葵のかかりたる枯葉を詠めるよし、家《いへ》の集《しふ》に書けり。古き歌の詞書《ことばがき》に、「枯れたる葵にさして遣《つか》はしける」とも侍り。枕草子《まくらのさうし》にも、「来《こ》し方《かた》恋《こひ》しき物、枯れたる葵」と書けるこそ、いみじくなつかしう思ひ寄りたれ。

——第百三十八段

「賀茂《かも》の祭が終わったので、もう葵の飾りは要らない」といって、ある人が、御簾にかけた葵《あおい》をみんな取ってしまったのを見て、なんだか情《じょう》のない人だなあと感じはしたものの、その人が教養のある人だったので、そうすべきものかなあ、と、一応は自分を納得させた。しかし思いおこせば、周防内侍《すおうのないし》がかつておなじ局《つぼね》だった女房に送った歌にこうあったのだった。

「いくら、あなたに思いをかけても、あなたがいなくては、御簾にかけた葵の枯葉を一緒に見ることさえできなくてさびしい。葵をかけたかいがないわ」

昔の歌の詞書にも、「枯れた葵の葉に差し挟んで送った歌」などとあったものだ。そういえば『枕草子』にも書いてあった「過ぎ去った昔の恋しいものは、枯れた葵」という一節を、なんともなつかしく思い出したことだったよ——。

祭のあとにも葵をかけておくのは、ゆかしい風習なのだと思い直した兼好さんは、次のように言う。

（中略）おのれと枯るるだにこそあるを、名残《なごり》なく、いかが取り捨つべき。

葵が自然に枯れるのだって名残惜しいのに、どうして、惜しげなく、バンバン捨ててよかろうか——と。

この葵の話の段を読むと、私はなんだか安心する。兼好さんだってロマンティック・メモリーのこもったものは捨てられないのだ。

「くだらない物はみんな捨てろ」という彼にも、こんな抒情《じょじょう》的な心があって、捨てられないものもある。人の心はひと筋縄ではいかない。みんな矛盾もかかえている。

私にも、すっきりしたいという思いと、祭りのあとの葵みたいな思い出のかけらのようなものを捨てられない思いの、二つがある。

いまのところ、ものを書く仕事をなにより優先させて、すっきりしたいという願いのほうは、ゆるやかに少しずつ進んでいこう。兼好さんも、そんな私の思いを支えるようなことを言ってくれているではないか。

一事《いちじ》を必ず成《な》さんと思はば、

他の事の破《やぶ》るるをもいたむべからず。――――第百八十八段

もし、一つのことを、必ず成し遂げようと思うなら、ほかのことがうまくいかなくても、そんなに気に病むことはないのだよ――。

死後、財産を残そうなんて、まったく思わない。だいたい、もともと、ないのだ。ほしいと言われたり、さしあげたいと思った物は、〈生き形見〉として積極的に贈っておこう。

しかし、だからといって、家の中が整理できなくて、思い出の品にあふれていても、そんなこと気にせず、必ず成さんと思うことを貫いて、最期の日まで、ゆったり構えて生きていこう。

別れや死の話だというのに、結びは、生きる決意の発露になってしまった。

いや、これもやはり、兼好さんと深くつきあっているうちに、彼が言葉を尽くして言いふくめる〈存命の喜び〉が、わが頭に刷りこまれたものなのだろう。

14 生きていることは すばらしい

若きにもよらず、強きにもよらず、
思ひかけぬは死期なり。今日まで逃れ
来にけるは、ありがたき不思議なり。

まずは兼好さんの極めつきの名文から。「花は桜の花盛り、月は秋の満月だけを愛《め》でるというのは、センスのない人だ」と書き出した筆は、ふわりと恋の情趣の話に移り、祭のにぎやかさ、そして、祭のあとのうらさびしい風情へと移っていきます。この一連の流れのなかに、彼は人の生き死にを見るのです。そして、この名文の最後は、いま私たちが生きている、その不思議さ、いとしさに辿《たど》りつくのです。

すべてのことは始めと終わりがおもしろい

かの有名な、という言葉で書き出したい一段がある。それは、徒然草のなかの最長編であり、古来、名文としての評価がきわめて高い、この段である。

花《はな》はさかりに、月《つき》はくまなきをのみ、見るものかは。雨《あめ》にむかひて月を恋《こ》ひ、たれこめて春《はる》のゆくへ知《し》らぬも、なほあはれに情けふかし。——第百三十七段

桜の花はまさに満開のときだけを、月は照りかがやく満月だけを見るものだろうか。いや、そうではないのだ。満月が見られるはずだったその夜、あいにくの雨となり、雨を見ながら、月を恋しく思うこともあるだろう。また、何かのわけあって家に閉じこもり、桜の花の咲いて、散るのも見ることがかなわず、いつか春の過ぎゆくのも知らないでいた、ということもあるだろう。しかしやはり、それはそれで、しみじみと身に沁《し》みる情緒があるものだ——。

〝花〟とは桜の花。リズミカルな文体のうちに、〝見るものかは〟——いや、そうではない、と、ときっぱり断定しているものだから、印象あざやかな提言となっている。

ここで注意しなければならないのは、〝月はくまなきをのみ〟の「のみ」と、〝なほあはれに情けふかし〟の「なほ」である。

兼好さんは、花ざかりや満月を、よくない、と言っているわけではけっしてない。ただ、花ざかりや満月のみを愛でるだけではつまらない、ほかの情趣だって〝なほ〟（やはり）味わう価値は充分にあるのだから……と言っているのだ。

ありきたりの思いこみをはずして、いろいろの角度から、幅広く味わえ、と強調しているのである。

咲きぬべきほどの梢《こずゑ》、散りしをれたる庭《には》などこそ、見どころ多けれ。歌の詞書《ことばがき》にも、「花見《はなみ》にまかれりけるに、はやく散り過ぎにければ」とも、「障《さは》る事《こと》ありてまからで」なども書けるは、「花を見て」と言へるに劣《おと》れる事《こと》かは。花の散り、月の傾《かたぶ》くを慕《した》ふならひはさる事なれど、ことにかたくなる人ぞ、「この枝《えだ》、かの枝、散りにけり。今は見所《みどころ》なし」などは言ふめる。

いまにも咲きそうな頃の桜の梢《こずえ》、また花の散りしおれている庭なども、見どころはたくさんある。歌の詞書にも「花見に出かけましたが、もう散り過ぎてしまっていたので」とか「差し支えがあって出かけなくて」などと書いて歌を詠《よ》んでいるのは、「花を見て」という詞書で花ざかりを詠むのにくらべて、劣っていようか。いや、けっして劣ってなんかいないのだ。

花が散り、月の傾くのを愛惜するのは、人情として当然であるのだが、ことさらひとつのことにこだわる愚かな人ほど、「この枝もあの枝も散ってしまった。もう見るかいはない」などと言うようである――。

そして、ここから兼好さんの筆は、ふわりと恋の風情にと移っていく。

よろづの事も、始《はじ》め終《をは》りこそをかしけれ。男女《をとこをんな》の情《なさ》けも、ひとへに逢《あ》ひ見るをば言ふものかは。逢《あ》はで止《や》みにし憂《う》さを思ひ、あだなる契《ちぎ》りをかこち、長き夜《よ》をひとり明《あ》かし、遠き雲井《くもゐ》を思ひやり、浅茅《あさぢ》が宿《やど》に昔《むかし》をしのぶこそ、色好《いろこの》むとはいはめ。

桜や月にかぎらず、すべてのことは、始めと終わりこそがおもしろいのだ。男女の情愛についても、ただ逢って楽しい時をともに過ごすことだけが恋ではない。
逢えないで終わったつらさを思い、果たせなかった約束を嘆き、訪れぬ人を待って秋の長夜をひとり明かし、遠く離れた恋人を想《おも》い、浅茅《あさぢ》の生い茂った荒れた家に、いまは昔、この家で恋人と逢っていた頃をなつかしく思い出す……そんなさまざまな思いをする人こそ、恋の深い情趣をよく知る人といえるのだよ――。
ここからまた、兼好さんの筆は、もとの月や花に戻る。

望月《もちづき》のくまなきを千里《ちさと》の外までながめたるよりも、暁《あかつき》近くなりて待ち出《い》でたるが、いと心深《こころふか》う、青《あを》みたるやうにて、深き山の杉の梢《こずゑ》に見えたる、木《こ》の間《ま》の影《かげ》、うちしぐれたる村雲《むらくも》がくれのほど、またなくあはれなり。椎柴《しひしば》・白樫《しらかし》などの濡《ぬ》れたるやうなる葉の上にきらめきたるこそ、身にしみて、心あらん友もがなと、都《みやこ》恋しう覚ゆれ。

千里の外まで照らすような皎々《こうこう》とした満月を眺めるよりも、明け方近くなって、待ちに待った末にやっと出た趣深い青みがかった月が、深山の杉の梢《こずえ》にかかっている、その木の間越しの月の光、また時雨《しぐれ》の雲に隠れている有様《ありさま》のほうが、ずっとすばらしい。椎《しい》や白樫《しらかし》などの、濡れたような光沢のある葉の上に、月の光がきらめいているようすなどは、身に沁《し》むような感じがして、一緒にこれを愛《め》でる友がいたらなあ、と都が恋しく思われる——。

ここで、彼の筆は、もう一度こう断定する。

すべて、月花《つきはな》をば、さのみ目《め》にて見るものかは。春は家を立ち去らでも、月の夜《よ》は閨《ねや》のうちながらも思へるこそ、いとたのもしう、をかしけれ。

すべてのものは、月でも花でも、それをただ目だけで見るもの、と思いこんでいるのがまちがいなのだ。春はわざわざ花見に出かけなくても、満月の夜だって寝室にいるままでも、心のなかにその情景を思い描いて楽しんでこそ、かえって、その雰囲気を長く味わえるのだ——。

〝たのもし〟は、ここでは、楽しい夢を描くことができる、という意味である。

心で味わう人、からだで味わう人

兼好さんは次に、「よき人」と「片田舎《かたいなか》の人」とを例にあげて、ものの味わいかたの違いを実証する。「よき人」とは教養のある人。「片田舎の人」とは直訳すれば田舎者だが、ここでは、よき人の反対で教養のない人というふうな使われかたである。

よき人は、ひとへに好《す》けるさまにも見えず、興ずるさまも等閑《なほざり》なり。片田舎《かたゐなか》の人こそ、色《いろ》こくよろづはもて興ずれ。花《はな》のもとには、ねぢ寄り立ち寄り、あからめもせずまもりて、酒飲み、連歌《れんが》して、はては、大きなる枝、心なく折《を》り取りぬ。泉には手足さし浸《ひた》して、雪にはおり立ちて跡《あと》つけなど、よろづの物《もの》、よそながら見る事なし。

よき人は、ひたすらに熱中するふうにも見えず、おもしろがるようすもサラッとあっさりしている。ところが、片田舎の人ときたら、すべてにわたって、しつこくおもしろがる。満開の桜の木には、からだをくねらせるようなオーバーな身ぶりで近づいていき、わき目もふらず、じっと花を見つめ、木の下で酒を飲んだり、連歌の会をしたりして、しまいには、花の大枝を思慮もなく折り取ったりする。

きれいな泉を見れば、手や足を浸さなければ気がすまず、降り積もった雪を見れば、わざわざ降り立って、足跡をつけたがり、すべてのものを、一歩離れて、客観的に、静かに味わうということがない——。

「片田舎の人」は、これでもか、これでもかと、ジェスチャーたっぷりに描かれ、マンガのよう。

教養ある「よき人」は心で味わうので、傍目《はため》には無感動にさえ見えるが、センスのない人は、からだで味わうため、直接、感覚を通してしか味わいを感受できないのだ。

兼好さんの筆は、さらに容赦がない。

さやうの人の祭《まつり》見しさま、いと珍《めづ》らかなりき。

こんな人の祭見物のようすは、ひどく珍妙なものである——。

祭とは賀茂《かも》の祭。葵祭《あおいまつり》ともいう。四月、中の酉《とり》の日に行なわれる、京都の上賀茂《かみがも》神社と下鴨《しもがも》神社の例祭である。ここからは原文を省き、私の意訳でご紹介しよう。

「祭の行列の来るのが、たいそう遅いなあ。それまでは桟敷《さじき》で待っていても無駄だ」と言って、奥のほうの家で、酒を飲み、ものを食べ、碁《ご》や双六《すごろく》などで遊んでいて、その間は桟敷には見張り番を置いている。

その見張り番が「行列が通りますよォ」と言うと、誰も彼もまるで肝《きも》をつぶしたように驚きさわいで、桟敷に、われ勝ちに走りのぼる。落ちそうになるくらいまで、簾《すだれ》を手で引っぱったり突っぱったりして、押しあいへしあいの大さわぎ。行列が通ると、どんなこまかいことまでも見落とすまいと目をこらし、「ああだ、こうだ」と、目に入るものひとつひとつを批評し、行列が通り過ぎると、「この次の行列が通るまで」と言って、ダーッと桟敷から降りる。この連中ときたら、祭の行列だけを見ているのであって、雰囲気などを一切味わおうとはしないのだ。

それに比べ、都人《みやこびと》で高貴な感じのかたは、とくに見ようという欲も見せず、その日も開いているのか閉じているのかわからないほどに、おっとりしている。おそばに仕える若者たちも立ったり座ったりして御用を務め、高貴なかたのうしろに控えるお供の者も神妙にしていて、前のめりになったりはしない。そのかたのまわりには、何がなんでも祭を見なきゃ、という焦りなんか、すこしもないのである――。

このあとは、祭のあとさきの都大路《みやこおおじ》の描写に変わる。ここもしばらく、私の現代語訳におつきあいを……。

あたり一帯に葵《あおい》をかけてあって、いかにも優雅な感じのする都大路。まだ夜も明けきらぬ頃、人目につかぬようにと、こっそり桟敷に寄せる牛車《ぎっしゃ》には、いったい、どなたがお乗りなのか、と心惹《ひ》かれて、「あの人かな、この人かな」と愉《たの》しい想像をしていると、車のまわりの牛飼《うしかい》や召使いなどのなかには、自分の知っている者もある。祭見物の牛車が、風情あるようすで、あるいは、精いっぱい美しく飾り立てて、そこいらを行き来するのは、それを見るだけでも退屈しない。

祭が終わり、日が暮れる頃には、立て並べてあった車も、すきまもなく群れていた見物人たちも、いったい、どこに去ってしまったのか、さあっとまばらになって、帰りを急ぐたくさんの車の混雑ぶりも収まると、桟敷の簾やござも取り払われ、見る見るうちに、あたりはさびしい風情になっていく。なんとなく栄枯盛衰という言葉も思われ、しんとした気持ちになる。祭の行列を見るよりも、こうした大路のようすを見てこそ、葵をほんとうに見たということなのだ――。

祭の果てたあとの、しんとした大路。夢がさめたあとのような大路。そこを見てこそ、葵祭を体験したことになるのだ、という兼好さん。

その筆は、突如として、いままでの話とは、一見、無関係なことを語りはじめる。

生きている――このすばらしい不思議

かの桟敷《さじき》の前をここら行《ゆ》き交《か》ふ人の、見知れるがあまたあるにて知りぬ、世《よ》の人数《ひとかず》もさのみは多からぬにこそ。この人みな失《う》せなん後《のち》、わが身《み》死ぬべきに定《さだ》まりたりとも、ほどなく待ちつけぬべし。

あの桟敷の前をこれほど大勢の人が行き来しているが、そのなかには、自分の見知った人が多くいるので、ひとつのことを悟った。

世間の人たちの数といっても、そんなに多くはないだろうと。

かりに、ここにいる人がみんな死んでしまったあとに自分が死ぬと定まっているとしても、その自分だって、まもなく死を迎えることであろう——。
なぜここで、死の問題が不意に語られるのか、ここまでの文脈を振り返ってみよう。
・満開の桜、満月だけを賞美の対象にしない。
・いろいろな角度から、幅広く愛でよう。
・ものごとのはじめと終わりを味わう。恋の味わいかたも。
・現実に、そのものを見ないでも、想像力によって、美はより深く感知できる。
・花、月の見かたから、祭の見かたに移り、想像力のない人たちの、ただ物だけを見ようとして、大さわぎする様のおかしさ。その反対の〝よき人〟のさま。
・祭の前と後。栄枯盛衰の人生を思わせる。
・そこから、しぜんに、人間の死について、考えが及んでいく。
この文脈の流れを、大きく貫いているひとつの思いは、見えないものを見る心の作業——想像力の大切さである。

たとえ、満開の桜、満月を、その目で見なくても、その美は感知できる。大さわぎして見なくても、祭の華やかさと寂《さび》しさは心に沁《し》みるはず。それらの思いと、生と死を思う心は似てはいないか。

誰の前にもあり、その手から逃れられぬ、死というもの。たしかにありながら、想像力乏しくうかうかと過ごす人には、しかと見定められぬ死について、兼好さんは厳然として語りはじめる。

語気もつよく、読者の心に刷りこむように、せつせつと説く。私たち読む側にも、覚悟が要《い》る。

大きなる器《うつはもの》に水を入れて、細き穴をあけたらんに、滴《しただ》る事少《すくな》しといふとも、怠《おこた》る間《ま》なく洩《も》りゆかば、やがて尽《つ》きぬべし。都《みやこ》のうちに多き人、死なざる日はあるべからず。一日《ひとひ》に一人二人《ひとりふたり》のみならんや。鳥部野《とりべの》・舟岡《ふなをか》、さらぬ野山《のやま》にも、送る数《かず》多かる日はあれど、送らぬ日はなし。されば、棺《ひつぎ》をひさく者、作りてうち置くほどなし。

大きな器に水を入れて、小さな穴を開けておいたならば、しずくとなって落ちていく水はたとえわずかずつでも、休む間もなく洩《も》れていけば、すぐになくなることだろう。都にはたくさんの人がいるが、人が死なない日はないのだ。一日に一人や二人どころではない。もっと多いはずだ。

鳥部野や舟岡といった葬場、そのほかの野山にも、野辺の送りの数多い日はあっても、野辺送りのない日はない。だから、棺は、棺売りが作って置いておく間もないほど、作るそばからすぐに売れてしまうのだ――。

鳥部野、舟岡など、身近にある火葬場の名前を具体的に出し、また棺売りを例にあげて、日常的な人の死を、読者の心に映像的に呼びおこさせる。

そして、このあとを、忘れられない言葉で結ぶ。

若きにもよらず、強きにもよらず、思ひかけぬは死期《しご》なり。今日《けふ》まで逃《のが》れ来《き》にけるは、ありがたき不思議《ふしぎ》なり。しばしも世をのどかには思ひなんや。

若いとか、強いとか、そんなこととは関係なく、思いがけずやってくるもの、それが死というものだ。

死の手にとらえられもせず、今日という日まで逃げのびてこられたのは、世にも稀《まれ》な不思議なこと。そう深く思い知ったら、しばしの間でも、この世をのんびりうかうかと過ごしていってていいものだろうか――。

今日まで逃れ来にけるは、
ありがたき不思議なり。

身に沁みわたる言葉である。〝ありがたき〟とは、あることを願っても、なかなか困難で、めったにはないことをいう言葉。非常に稀なことを喜ぶ心である。

なんと濃い輪郭を持つ明るい言葉であろう。繰り返し、くちずさんでみれば、生きる喜びが、胸のうちに湧《わ》きあがってくる。

生きている――そのことじたいが、魔法のような不思議なこと。

死という、目には見えぬ、しかも動かぬ定めを、想像力という心の目でしかと見定め、覚悟を持とう。そして、この世にある間は、いのちを大切にして、ひたすら生をいとしみ、この世の日々を充実させて生きようではないか。

〝花はさかりに、月はくまなきをのみ、見るものかは〟にはじまった、有名なこの長文は、最後には、思いがけなくも、〈存命の喜び〉に辿《たど》りついたのである。

15

悔いなく老い、悔いなく生きる

老いて智の若き時にまされる事、若くして貌の老いたるにまされるがごとし。

徒然草のなかに、手を変え品を変え、深く静かに織りこまれているのが、生死についてのテーマです。兼好さんは、四季の移り変わりのすばやい変相を鋭い感性でとらえ、人の避けられない運命を、そのなかに凝視します。しかし、季節の移り変わりと、人の一生では、ただひとつ、異なることがある。それは、人の一生では、いつ、死が生をうち破るかわからないこと。人の一生に、定まった順序というものは、ないのです。だからこそ、人は〈存命の喜び〉――いま生きてあることの喜び――を生きよ、と彼は断言します。

四季の移り変わり

「歳月の移り変わり」と、私たちはあたりまえのように口にする。しかし、兼好さんがこれを語るとき、そこにはもっと深い思いがある。

折節《をりふし》の移りかはるこそ、ものごとにあはれなれ。――第十九段

季節がつぎつぎに移り変わっていくのは、その折々に目に入る風物のひとつひとつにつけて、身に沁《し》みる思いがある――という意味だ。

続く文章には、それほどわかりにくい言葉はなく、リズムも大変愉《たの》しいので、ぜひ声に出して読んでいこう。まずは、春の景色から。

「もののあはれは秋こそまされ」と、人ごとに言ふめれど、それもさるものにて、今一際《ひときは》心も浮き立つものは、春の気色《けしき》にこそあめれ。

「しみじみと身に沁む情趣は、春より秋のほうがまさっている」と、誰もが言うようだが、その言葉もまあ一応納得はできるけれど、身に沁む趣もあり、そのうえ、いちだんと心も浮き立つものは、春の景色のように思われる——。

〝気色〟とは、ここでは自然界のようすという意味で、「景色」と同じ。

春秋の優劣については、古くは『万葉集』に、天智天皇《てんじ》が、春山の花咲くあでやかさと秋山の彩のどちらかに趣があるかと群臣に問われたとき、額田王《ぬかだのおおきみ》が長歌で答え、「秋山われは」と秋に勝ちを与えた場面がある。また、『拾遺和歌集』にも、「春はただ花のひとへに咲くばかりもののあはれは秋ぞまされる」(春はただ花が咲いているというだけのこと。あわれ深い情趣は、春より秋のほうがまさっている)とある。

その〝心も浮き立つ〟春の景色を、兼好さんは軽やかに弾む筆で書き連ねていく。

鳥の声などもことの外《ほか》に春めきて、のどやかなる日影《ひかげ》に、墻根《かきね》の草もえ出《い》づるころより、やや春ふかく霞《かす》みわたりて、花もやうやう気色《けしき》だつほどこそあれ、折《をり》しも雨風《あめかぜ》うちつづきて、心あわたたしく散り過ぎぬ、青葉になり行くまで、よろづにただ心をのみぞ悩《なや》ます。花橘《はなたちばな》は名《な》にこそ負《お》へれ、なほ、梅の匂《にほ》ひにぞ、いにしへの事も立ちかへり恋しう思ひ出でらるる。山吹《やまぶき》のきよげに、藤《ふぢ》のおぼつかなきさましたる、すべて、思ひ捨てがたきこと多し。

鳥の声などもことのほかに春らしく聞こえてきて、のどかな日ざしを受けて垣根の草が青やかに芽ぶく。だんだんと春の色も深くなり、空は霞みわたり、桜の花もどうやら咲きかけたかなあと思う、ちょうどその頃、雨風がうち続き、惜しむまもなく、あわただしくも散っていく。というふうに、青葉の頃になるまで、すべてのことに気ばかりもませるのだ。

花橘は昔の人を思い出させる花として有名だが、梅の香りにも、昔の出来事が、その当時そのままに、なつかしく恋しく思い出されるものである。山吹の花がきれいな色に咲いているのも、藤がぼうっとした、なにか頼りなさそうな色に咲いているのも、それぞれみな、何もかも見過ごすことができないほどに、おもしろい――。

絵巻のように繰り展《ひろ》げられる春の風物。冒頭に鳥の声を聴かせ、つづいて、垣根の草の緑、桜のほのかなうす紅、青葉、花橘の白、梅の白や紅、山吹の黄、藤のうす紫、などと色を散らして、季節を深めていき、時に、霞や雨風もまじえ、花の香さえこもらせて、筆は、さあっと春から夏へ、移っていく。

兼好さんは、〝折節の移り変わり〟のそのすばやいありようにこそ、感性のすべてを注いで驚嘆している。その、なめらかに、テンポよく運ばれていく文章は、じつは、有名な歌や物語の一節を、さりげなく踏まえている。

たとえば、〝花橘は名にこそ負へれ〟の背後には「さ月《つき》待つ花橘の香《か》をかげば昔の人の袖《そで》の香ぞする」という『古今和歌集』の有名な歌があるし、〝梅の匂ひにぞ、いにしへの事も立ちかへり〟には、『新古今和歌集』の「梅が香《か》に昔を問へば春の月こたへぬ影ぞ袖にうつれる」という、これも知る人ぞ知る名歌の裏打ちがあるのだ。

梅の香には、『源氏物語』の早蕨《さわらび》の巻、紅梅の花咲く場面に、「花の香もまらうどの御匂ひも、たち花ならねどむかし思ひ出でらるるつまなり」とある一節なども思い浮かぶ。

つまり、古典になじんでいる人が読めば、兼好のこの達文の向こうに、これらの歌や文章がしぜんに浮かんできて、二重映しのおもしろさが感じられるのである。

さて、次は夏。ここもまた、初夏から晩夏まで、筆はいっきに季節を駈《か》けぬける。

「灌仏《くわんぶつ》のころ、祭《まつり》のころ、若葉の梢《こずゑ》涼しげに茂りゆくほどこそ、世《よ》のあはれも、人の恋しさもまされ」と、人のおほせられしこそ、げにさるものなれ。五月《さつき》、菖蒲葺《あやめふ》くころ、早苗《さなへ》とるころ、水鶏《くひな》のたたくなど、心ぼそからぬかは。六月《みなづき》のころ、あやしき家に、夕顔《ゆふがほ》の白く見えて、蚊遣火《かやりび》ふすぶるもあはれなり。六月祓《みなづきはらへ》またをかし。

「四月八日の灌仏会《かんぶつえ》の頃、四月の中の酉《とり》の日の賀茂《かも》の祭の頃、若葉の梢《こずえ》が涼しそうに茂っていく頃には、季節のしみじみとした情趣も、人恋しさも、まさるものだ」と、ある方がおっしゃったのも、なるほど、そのとおりとうなずける。

五月五日の端午《たんご》の節句の、軒先に菖蒲をさす頃、早苗を田に植える頃、水鶏《くいな》が叩《たた》く音が聞こえるのは、ほんとうにものさびしい。

六月の晩、いやしい家に、夕顔《ゆうがお》の花が白く咲くのが見え、蚊遣火が煙っているのも、しみじみとあわれ深い。六月の晦日《みそか》に、水辺で行なわれる大祓《おおはらえ》の行事も、また趣がある――。

四月、五月、六月など、これらはすべて陰暦。六月祓は晩夏の行事である。

いやしい家に咲く夕顔の花は、『源氏物語』の夕顔の巻を濃く思い出させる。光源氏が一人の女の素性もわからぬまま、身分を隠して交わりを持つ。その巻のはじめ近く、粗末な家の塀に白い花が笑顔を見せるように咲いている。花の名は夕顔。その家の女あるじの面影を宿す花だ。

そして、また、流れるような筆は、秋へと向かう。

七夕《たなばた》まつるこそ、なまめかしけれ。やうやう夜寒《よさむ》になるほど、雁《かり》鳴きてくるころ、萩《はぎ》の下葉《したば》色づくほど、早稲田《わさだ》刈《か》り干《ほ》すなど、とり集めたる事は、秋のみぞ多かる。また、野分《のわき》の朝《あした》こそをかしけれ。

七月七日の夜、天《あま》の川《がわ》を隔てて暮らす牽牛《けんぎゅう》と織女《しょくじょ》の二星が、一年に一度会うという星祭《ほしまつり》の日こそ、優雅のきわみ。だんだん夜寒になり、秋も深くなり、雁が鳴きわたって来る頃、萩の下のほうの葉が色づいてくる頃、早く成熟する稲を刈り取って干す頃、あれやこれやと趣深いことが重なる感じがすることは、秋がいちばん多い。秋の嵐の吹き過ぎたその翌朝もまた、なんと趣のあることか――。

野分の翌朝といえば、すぐに思い浮かぶのは、『枕草子』第一八八段の書き出しの一文、「野分のまたの日こそ、いみじうあはれに、をかしけれ」（秋の嵐の翌日は、しみじみとした情趣もあり、見どころもあるものだ）だろう。この書き出しに続く清少《せいしょう》納言《なごん》の描写のこまやかさは驚くばかり。

枝など折れた大木が、萩《はぎ》、女郎花《おみなえし》などのかよわい花の上に横倒しになり、覆いかぶさっているさまに続いて、清少納言の目は対象の細部まで見抜かないではおかぬ「のぞきこむ目」になり、格子《こうし》の枠組みの間に散りこんだ色とりどりの木の葉をみつけ出す。そして、なにか大自然の神秘な手が、ひとつひとつ入念に配っていったのだろうか、ほんとうにこれがあの烈《はげ》しい嵐のしたことだろうかと、清少納言は、幼子《おさなご》のように不思議がる。

〝野分の朝こそをかしけれ〟と、兼好さんが書いたとき、彼が、枕草子のこの精緻《せいち》な描写を思い出さぬはずはない。だからこそ、彼は次にこう続ける。

言ひつづくれば、みな源氏物語・枕草子などにことふりにたれど、おなじ事、また、今さらに言はじとにもあらず。おぼしき事《こと》言はぬは、腹《はら》ふくるるわざなれば、筆にまかせつつ、あぢきなきすさびにて、かつ破《や》り捨《す》つべきものなれば、人の見るべきにもあらず。

こんなふうに書いてくると、これらはみんな、源氏物語や枕草子に言い古されているることだが、おなじことをいまさら事新しく言うまいと自制しているわけでもない。思っているることを言わないのは、腹がふくれるようでいらいらするので、思いのままを筆に任せて書いた、つまらない慰みの文章なのだ。書いた端から破り捨てるようなものだから、当然、人が見るはずもない――。

そして、秋は冬に移っていく。

さて、冬枯《ふゆがれ》のけしきこそ、秋にはをさをさ劣《おと》るまじけれ。汀《みぎは》の草に紅葉《もみぢ》の散りとどまりて、霜《しも》いと白うおける朝《あした》、遣水《やりみづ》より烟《けぶり》の立つこそをかしけれ。年の暮れはてて、人ごとに急ぎあへるころぞ、またなくあはれなる。すさまじきものにして見る人もなき月の寒けく澄める、廿日《はつか》あまりの空こそ、心ぼそきものなれ。（後略）

ところで、冬枯れの景色も秋にはほとんど劣りそうもない。池の水ぎわの草に紅葉が散り残っていて、霜がたいへん白く降りている朝、庭に川の水を引き入れた細い流れに水蒸気が煙のように立っているのもおもしろい。年の暮れ、みんながそれぞれに忙しがっている頃の趣の深さ。殺風景なものとして、眺める人もない月が寒そうに澄んでいる二十日過ぎの空は、なんだかとても頼りない感じだ——。

冬の描写は個性があって、なかなか深みがある。徒然草以前の古典には、こんな冬の味わいかたはあまり見られない。

水ぎわの草に散り残る紅葉は秋、真っ白な霜は、もう冬。ここには季節の移り変わりが、まるで図案のようにくっきりととらえられている。寒そうな月を浮かべる頼りなさそうな冬空、これも擬人法がきいていておもしろい。

この第十九段の特徴は、あくまでも季節の移り変わりにある。だから、兼好さんの目は一点にとどまることなく、好奇心に輝やきながら、季節の移り変わりとともに動いていくのだ。

たとえば、かの有名な枕草子の書き出しの一文とくらべてみよう。

「春は、あけぼの。やうやう白くなりゆく山ぎは、すこしあかりて、紫だちたる雲の、細くたなびきたる」。

春はあけぼの。春の一日の、もっとも好きな時間を限定し、空の色、雲の色、雲のかたちまで、繊細な好みにこだわった清少納言は、つよい視線でまじまじと対象を見つめる。四季の変化の様相をおもしろがりながら追いかけていった兼好さんの目とは、おおいにちがう。

歳月と人の一生

四季の移り変わりを追った彼の心を、もうすこし、しんとのぞきこんでみたい。第百五十五段には、この心の線上にある思いを、こわいほどに深めていった哲理が見られる。

世《よ》にしたがはん人は、まづ機嫌《きげん》を知るべし。ついで悪《あ》しき事は、人の耳にもさかひ、心にもたがひて、その事成《な》らず。さやうの折節《をりふし》を心得《こころう》べきなり。ただし、病を受け、子生み、死ぬる事のみ、機嫌をはからず、ついで悪《あ》しとて止《や》むことなし。生《しやう》・住《ぢゆう》・異《い》・滅《めつ》の移り変はる実《まこと》の大事は、たけき河《かは》のみなぎり流るるがごとし。しばしも滞《とどこほ》らず、ただちに行《おこ》なひゆくものなり。されば、真《しん》・俗《ぞく》につけて、必ず果《は》たし遂《と》げんと思はん事は、機嫌を言ふべからず。とかくのもよひなく、足を踏み止《とど》むまじきなり。――第百五十五段

人とまじわって、うまくやっていこうとする人は、まず第一に、潮時《しおどき》というものを知らなければならない。時機がまずいと、人の耳に逆らい、人の心にも受け入れられなくて、物事は成功しない。だから、うまくいく潮時を心得ておくべきだ。

だが、病気にかかったり、子どもを産んだり、死んだりすることだけは、潮時なんて考えるわけにはいかず、悪いことだからといってやめることもできない。物が生じ、存続し、変化しつづけ、やがて滅びるという、万物変転のおごそかな大真実は、水勢はげしい河があふれ流れていくようなもの。しばしもとどまらず、まっしぐらに実現されていくのだ。

だから、仏道の修行においても、世俗のことにおいても、これをかならず成し遂げようと思えば、時機を見計らったりせず、ひたすらにつき進むべきだ。いろいろなことを準備してからとためらったりして、足をとどめては駄目なのだ――。

〝機嫌〟とは、おこなうべき時機、つまり、〈潮時〉のこと。折節の移り変わりを追っていた兼好さんの心は、「万事につけて時機ってあるなあ」と考えていたのである。しかし、はっと別な思いがひらめいた「待てよ。時機なんて関係ないものもあるぞ。病気、出産、死……。これらは人間の意のままにはいかぬ。潮時なんて考えても、どうにもならぬ」と。

とすれば、心に深く願うことがあれば、時機なんてねらわずに、即実行、といくしかない。

このあたりから、兼好さんの思いはますます深くなり、筆は勢いを増してくる。ここからの文章は、格調の高さで知られる極めつきの名文である。

春くれてのち夏になり、夏果《は》てて秋の来《く》るにはあらず。春はやがて夏の気《き》をもよほし、夏よりすでに秋はかよひ、秋はすなはち寒くなり、十月《じふぐわつ》は小春《こはる》の天気、草も青くなり、梅もつぼみぬ。木《こ》の葉《は》の落つるも、まづ落ちて芽《め》ぐむにはあらず。下よりきざしつはるに堪《た》へずして、落つるなり。迎《むか》ふる気、下《した》に設《まう》けたる故《ゆゑ》に、待ちとるついで甚《はなは》だはやし。

春が暮れてのち夏になり、夏が終わって、秋が来るのではない。春はそのまま夏の気配をおこしはじめ、夏のうちにもう秋らしさが漂いはじめ、秋はすぐに寒くなり、陰暦十月の初冬はいわゆる小春日和《こはるびより》で、草も青くなり、梅の蕾《つぼみ》もふくらむ。

木の葉が落ちるのも、落ちて、次に芽が出るのではない。下から芽ばえてくる力に突き上げられて、落ちるのだ。新しい変化を迎える気が、下に充分用意されているので、順序よくすばやく変化していくのだ——。

折節の移り変わりはなぜ早いのか。それは、春、夏、秋、冬が、ひとつずつ独立しているのではなく、ひとつの季節が次の季節をはらみつつ、うち重なって流動していくからである。

そして、このことを人間の生命にも移し、覚めた目でしかと見すえる。

生《しやう》・老《らう》・病《びやう》・死《し》の移り来《き》たる事、また、これに過ぎたり。四季はなほ定まれるついであり。死期《しご》はついでを待たず。死は前よりしも来たらず、かねてうしろに迫れり。人皆死《ひとみな》ある事を知りて、待つことしかも急ならざるに、覚えずして来たる。沖の干《ひ》潟遥《かたはる》かなれども、磯《いそ》より潮《しほ》の満つるがごとし。

人が生まれ、年をとり、病気にかかり、死ぬ。この移り変わりもまた四季に似て、しかも四季より早い気がする。しかも、四季にはきまった順序があるが、死は順序なしにやってくることがある。死は前から来るとはかぎらない。前もって背後に迫っていて、いつ死の淵《ふち》にわれわれを落とすか、わからないのだ。人は誰でも、死がやってくることは知っているが、突然やってくるとは思ってはいない。だが、死は突然おそうのだ。遥《はる》かかなたに見渡される沖の干潟《ひがた》は、いつ潮《しお》が満ちるとも思われないが、突然、足もとの磯のほうから潮が満ちてくるのとおなじように――。

兼好さんは説く。夏のなかに秋があるように、秋がすでに冬を抱くように、生のなかには死が確実にひそむのだ、と。

そして、四季の変相とちがうところは、いつ、生にひそむ死が、生をうち破るか、わからないことだ。

悔いなく生きよ

兼好さんの文章のなかには、かならず生死の問題が底深く埋めこまれていることは、これまでもたびたび伝えてきた。この二つの段も、私たちに、いのちの長さこそ知ることはできないが、どう生きたらいいのかを、私たちに言いふくめる。

たとえばあなたが六十代だとしよう。その六十代のありようは、すでに五十代から用意されてきたのだ。そして、六十代は、すでに、次なる七十代の予感をはらんでいるのである。

そのことは、また、もうひとつの厳正な事実を私たちにつきつける。歳月と人生は、時間を後戻りすることができないという点でも、一致しているということだ。

しかしここでも兼好さんは、おそらくそれなりの年に達しようとしている私たちを、大きく勇気づける発言をしてくれている。第百七十二段、「若き時は、血気うちに余り」とはじまる段である。

若き時は、血気《けつき》うちに余《あま》り、心、物に動きて、情欲多し。身を危《あや》ぶめて砕《くだ》けやすき事《こと》、珠《たま》を走らしむるに似たり。——第百七十二段

若いときは、血気にあふれ、心はいつもいろいろな物事に触れて動揺し、欲望ばか

り。身を危険にさらして破滅しやすいことは、まるで珠をたいへんなスピードで転がしているのとおなじようだ――。

これは一般論というのではなく、兼好さん自身の自己省察である。

そして、年を重ねた彼は、自分をこう見つめる。

（中略）老いぬる人は、精神おとろへ、淡《あは》くおろそかにして、感じ動く所なし。心おのづから静かなれば、無益《むやく》のわざをなさず、身を助けて愁《うれ》へなく、人の煩《わずら》ひなからん事《こと》を思ふ。

老いた人は、気力が衰えるので、何事につけても淡白になり、いろいろなことに動揺しなくなる。心もしぜんに静かになるので、無駄なこともしないし、われとわが身をいたわって心配ごとをなくそうと思い、人に迷惑をかけないようにと、わが心に言い聞かす――。

年を取った自分を、こまやかに観察する兼好さんの目はやさしい。よい年の取りかたはこうなのだよ、と理想の人間像を思い描いているようでもある。

この第百七十二段は、こう締めくくられる。

老いて智《ち》の若き時にまされる事、
若くして貌《かたち》の老いたるにまされるがごとし。

年を重ねてくると、その智恵は若い時よりまさる。それは、若い時にはその容貌が老人にくらべてまさっているのと、おなじことなのだ――。

なんと力強い励ましの言葉を、私たちに遺してくれていることか。わが文章の結びもこれにしたいと、私は早くから心に決めていた。

〝老いて智の若き時にまされる事、
若くして貌の老いたるにまされるがごとし〟

現代の脳科学が証明する、「いくつになっても脳は鍛えられ、聡明《そうめい》になれる」という事実と、この言葉は重なって、九十歳となった私を、おおいに勇気づける。

頭に刻み、覚えこんでいただきたい。年を重ねていく日々の、これこそ、身に沁《し》みる応援歌である。

人間の一生を過ぎ去ることの早さよ。私たちはどう生きればいいのか。その問いに、兼好さんは、こう答えてくれる。生きてあることじたい、不思議なことなのだ。

人、死を憎まば、生《しやう》を愛すべし。
存命《ぞんめい》の喜び、
日々《ひび》に楽しまざらんや。——第九十三段

〈存命の喜び〉——兼好さんのこの言葉が心に光る。とにかく、一日の、ひとときの、一瞬の——それらの使いかたが、かぎりなく大切なのだと思えてくる。

この原稿を書く机の上に、イギリスひとり旅で買ってきた小さなカードが、額に入れて飾られている。訳せば、こういう言葉。

「今日は、あなたが悩んでいた昨日の翌日。すべては、うまくゆくのだ」

一日一日がいとしい命の積み重ね。明日を思いわずらうことなく、ていねいに、前を向いて歩いていくほかはない。そして、やりたいことを後《あと》まわしにはせず、すぐに、まっしぐらに——。

そう生きていくしかない。そう生きなさい。

また、兼好さんが耳元でささやく。

たしかに物事には潮時がある。しかし、本当にやりたいことがあるのなら、潮時なんてことを考えるな。やりたいと思った時こそが、潮時なのだ。

あなたの、ただ一度だけの人生なのだから——。

おわりに

雑誌『いきいき』の二〇〇九年七月号から、二〇一〇年十月号まで、十六回にわたって連載された「生きかたのガイドブック　清川妙さんの徒然草」というページを、この『兼好さんの遺言』という単行本にしていただけたことは、なんとしあわせなことでしょう。

連載中は、何度となく『徒然草』全巻を読み直し、毎回のテーマを考え、それに添った兼好法師の言葉を集め、書き進めていきました。

書きあげるたびに、ホヤホヤの原稿を『いきいき』編集長の片寄斗史子さんに手渡しし、見ていただき、感想をうかがうことも、私にとって何よりの励ましとなりました。長い執筆マラソンに伴走していただいたことを、心から感謝しています。

小学館での編集は、五年前、『八十四歳。英語、イギリス、ひとり旅』で名編集をしてくださった土肥元子さんの手に委ねられました。深い御縁を感じるとともに、このたびもまた非常に聡明、自在な編集の切れ味を見せてくださったことを、ほんとうにありがたいことに思います。

私たちの生きかたの力強い道しるべとなる、兼好さんの言葉の花束を、読者の皆様に贈るこの本を愛していただけますように。

二〇一一年　早春

清川　妙

本書は、雑誌『いきいき』(いきいき株式会社)にて、2009年7月号から、2010年10月号まで、16回にわたって連載された「生きかたのガイドブック 清川妙さんの徒然草」を、加筆訂正・再構成したものです。

兼好さんの遺言

2011年4月2日 第1版 第1刷発行

著者 清川 妙

発行者 蔵 敏則

発行所 株式会社 小学館

〒101-8001 東京都千代田区一ツ橋2-3-1

電話 編集03-3230-5118 販売03-5281-3555

印刷所 凸版印刷株式会社

製本所 牧製本印刷株式会社

 ISBN978-4-09-388183-8

校正／小学館クオリティーセンター